TROIS CONTES

Du même auteur
dans la même collection :

SALAMMBÔ

BOUVARD ET PÉCUCHET,
suivi du DICTIONNAIRE DES IDÉES REÇUES

LA TENTATION DE SAINT ANTOINE

MADAME BOVARY

L'ÉDUCATION SENTIMENTALE

MÉMOIRES D'UN FOU, NOVEMBRE ET AUTRES TEXTES DE JEUNESSE

GUSTAVE FLAUBERT

TROIS CONTES

Édition établie
Introduction, notes,
bibliographie et chronologie
par
Pierre-Marc de BIASI

GF-Flammarion

On trouvera en fin de volume
une bibliographie, une chronologie
et un dossier de lectures.

ISBN 2-08-070452-4

INTRODUCTION

Les *Trois Contes* occupent une place particulière dans l'intérêt toujours plus grand que la modernité porte à l'œuvre de Flaubert. Depuis la publication, et jusqu'à une époque récente, les détracteurs de Flaubert avaient plus ou moins consciemment pris l'habitude d'ignorer ce petit livre, ou encore de lui attribuer une place prépondérante (parlant à son sujet de seul chef-d'œuvre incontestable..., etc.) de façon à jeter plus aisément le discrédit sur les grands romans antérieurs. Ces louanges excessives et malveillantes ont parfois eu pour conséquense d'inciter les flaubertiens à une attitude assez nuancée dans l'appréciation de ce recueil, qui fut longtemps jugé avec respect comme un ouvrage néanmoins mineur, remarquable surtout par ses qualités de style, l'économie de ses moyens et sa réussite formelle. Ces deux attitudes ont fait leur temps : les *Trois Contes* ne sont plus considérés maintenant par personne comme le seul chef-d'œuvre de Flaubert ni comme un texte de second plan. Au terme des nombreuses analyses qui leur ont été consacrées ces dernières années, les *Trois Contes* semblent représenter, quant au travail de l'écrivain, un exemple particulièrement probant, dont l'étude a permis d'élucider bien des aspects restés jusque-là obscurs dans la genèse de l'œuvre littéraire telle que la conçoit Gustave Flaubert.

De nombreuses raisons peuvent expliquer la position « stratégique » de ces textes de petite dimension. Il y a d'abord sa place dans la vie et dans l'œuvre de Flaubert : les *Trois Contes* sont, du fait de l'inachèvement de *Bouvard et Pécuchet,* la dernière œuvre publiée du vivant de l'auteur. Dans l'immense chantier des dossiers et des brouillons de ce projet peut-être inachevable, ces trois petits textes parachevés prennent la dimension singulière d'une sorte de testament esthétique. Leur perfection formelle souvent remarquée, la familière étrangeté de leurs évocations, la limpidité du style et de la composition peuvent être lues, au-delà même des fictions que construisent les trois récits, comme la défense et l'illustration d'une Poétique qui chercherait à se rendre communicable. Cette sensation est d'autant plus forte que la rédaction de *Trois Contes* se présente réellement comme une courte pause d'harmonie, comme une parenthèse ouverte pour le plaisir d'écrire, dans les sept années de travail aride, chaotique et forcené que fut la préparation de *Bouvard et Pécuchet.*

Mais il y a plus. Tout en prenant le sens particulier d'une sorte de codicile esthétique clos sur lui-même, le triptyque de *Trois Contes* paraît s'ouvrir de plusieurs manières sur la totalité de l'œuvre antérieure. D'une part, le texte initial dans la rédaction, *La Légende de saint Julien l'Hospitalier,* est un projet très ancien qui a traversé, comme on le verra, toute la carrière de l'auteur. D'autre part, l'idée finale d'encadrer ce texte par *Un cœur simple* et *Hérodias* reproduit un schéma trilogique, depuis longtemps inscrit dans l'imaginaire flaubertien. Il n'est pas difficile de mesurer en quoi *Un cœur simple* se rapproche (non seulement par la couleur contemporaine et normande du récit, mais aussi par de nombreux détails) de *Madame Bovary; Saint Julien* laisse apercevoir, entre autres, beaucoup de points communs avec *La Tentation de saint Antoine ; Hérodias* entretient d'évidents rapports d'affinité avec *Salammbô.* Mais il ne s'agit pas seulement de rapprochements extérieurs : la distribution des textes dans *Trois Contes* est effectivement comparable à celle que Flaubert avait imaginée (en plus grand) vingt ans plus tôt lorsqu'il envisageait, après la publication de *Madame Bovary,* de passer à la rédaction de *Saint Julien* pour pouvoir donner « ... du Moderne, du Moyen Age et de l'Antiquité ».

Si les *Trois Contes* sont donc la dernière œuvre achevée de l'auteur, et si l'on peut y voir l'affirmation d'une poétique en action saisie dans le raccourci d'une ultime mise en scène narrative, ces textes ne représentent pas uniquement un « dernier état » de l'art de Flaubert, mais une sorte de retour méditatif sur la totalité de son œuvre. Ces deux raisons suffiraient à expliquer la considération particulière que la critique a pu apporter à ce petit livre qui, somme toute, ne semble pas si marginal. Il existe toutefois un autre motif d'intérêt, d'ordre méthodologique. Les *Trois Contes* sont des textes brefs, mais sur lesquels Flaubert a travaillé avec la même technique de rédaction, avec la même lenteur et les mêmes difficultés que sur les grandes œuvres antérieures. Or, bien que personne n'ait eu jusque-là l'idée de chercher à les lire, on possédait la quasi-totalité des manuscrits des *Trois Contes :* les scénarios, les plans, les brouillons, les notes documentaires, bref tous les documents de rédaction qui, sur ces trois textes, pouvaient fournir une image précise, exhaustive, du travail de l'écrivain, depuis les premiers instants où il bâtit le schéma de son récit jusqu'aux dernières corrections de détail avant la publication. Pour les cent cinquante pages du texte définitif de la présente édition, les dossiers donnaient un peu plus de mille deux cents grandes pages manuscrites. C'est beaucoup, et les autographes de Flaubert, ceux-là surtout, sont souvent très difficiles à lire. Mais une analyse complète de ces documents était imaginable : cela représentait en moyenne quatre cents pages par conte, c'est-à-dire peu de chose au regard des grandes œuvres antérieures dont les dossiers de manuscrits atteignent pour chacune plusieurs milliers de pages (sans parler de *Bouvard et Pécuchet* qui est un océan). Bref, l'évolution récente des recherches critiques, et notamment l'apparition ces dernières années d'une méthodologie nouvelle, *la génétique textuelle*, ont abouti à un projet, aujourd'hui en grande partie réalisé : saisir la totalité des manuscrits de ces textes, les analyser intégralement, et étudier la genèse de *Trois Contes*. L'analyse génétique d'*Un cœur simple* a été faite par G. Bonaccorso (*Opus Flaubertianum* I, Les Belles Lettres, Paris, 1982) et par son équipe de l'Université de Messine (Italie) ; celle de *Saint Julien* a été réalisée par P.-M. de Biasi à l'Institut des textes et manuscrits modernes (C.N.R.S.) ; l'étude d'*Hérodias*, actuellement en cours, devrait aboutir dans un avenir proche ; plusieurs analyses de ce manuscrit, effectuées par Mme R. Debray-Genette, ont déjà largement contribué à élucider la genèse de cette œuvre.

Toutes ces recherches ont renouvelé en profondeur la lecture de *Trois Contes :* la plupart des problèmes concernant l'élaboration de ces textes ne pouvaient jusque-là être résolus d'une façon pleinement satisfaisante. Sans aller jusqu'à dire que la rédaction de cette œuvre est devenue de part en part transparente, il est maintenant beaucoup plus facile d'en donner une image exacte dans de nombreux domaines : celui des « sources » et de leur manipulation ludique ou savante, celui des structurations profondes du récit, des dispositifs symboliques construits de longue main par l'auteur..., etc. Il n'est guère possible d'offrir ici un tableau complet, ni même un échantillonnage conséquent de toutes ces découvertes qui, à beaucoup d'égards, font de *Trois Contes* un texte neuf, remis à vif par sa propre genèse. Mais quelques détails suffiront sans doute pour rendre sensible la manière dont ce petit livre contient quelques grands secrets : des secrets de fabrication qui caractérisent de toute évidence la lucidité d'un art parvenu au maximum de ses moyens. Les *Trois Contes* représentent, dans ce travail flaubertien de l'écriture, la conquête d'un état d'équilibre de part en part maîtrisé, dont on peut mieux comprendre aujourd'hui les conditions, sans risquer de dissiper l'effet de fascination qui en émane depuis plus d'un siècle.

Les circonstances de la rédaction.

On a toujours beaucoup insisté, pour la présentation de cette œuvre, sur les circonstances dramatiques qui ont entouré sa genèse. Elles ont eu leur importance dans la naissance et le développement du livre, et il n'est pas inutile de préciser le climat moral dans lequel Flaubert a travaillé ; en revanche, il convient de rester très prudent dans l'évaluation du rôle que ces circonstances ont pu jouer au cours de la rédaction proprement dite. Même dans le cas où l'on peut reconnaître telle ou telle allusion autobiographique, il serait tout à fait vain de vouloir y trouver une clef pour la compréhension du récit : confrontées à la logique de l'écriture flaubertienne, les singularités du vécu personnel ont toutes les chances de devenir elles-mêmes assez vite l'objet d'une véritable intégration, d'une ré-élaboration littéraire qui dépend plus des exigences de l'œuvre que d'une éventuelle (et d'ailleurs fort hypothétique) vérité biographique. Chez Flaubert, les circonstances du vécu, tout comme les « sources » d'ailleurs, ne commencent à nous raconter leur véritable histoire que dans l'espace où elles deviennent matière d'écriture, et objet de manipulation, au même titre (ou presque) que n'importe quel élément de l'œuvre qui s'écrit. Dans le cas de *Trois Contes* le problème se complique encore de plusieurs manières. Les trois textes qui composent le recueil ne paraissent pas entretenir un rapport identique et constant aux circonstances qui ont pu déterminer le projet de rédaction. Il est bien évident qu'*Un cœur simple* offre un cadre d'évocations circonstancielles beaucoup plus favorable qu'*Hérodias* par exemple en ce qui concerne les contenus directement autobiographiques. Or, justement, *Un cœur simple*, qui peut paraître le récit le plus chargé d'allusions personnelles, n'est pas le point de départ du travail, mais seulement une étape intermédiaire qui n'aurait sans doute pas pu exister sans la rédaction antérieure de *Saint Julien*. D'une façon générale, les trois textes ont été écrits successivement, Flaubert n'ayant pas eu, en commençant, la moindre idée précise du résultat final. Tout a commencé en octobre 1875 par la brusque décision d'écrire *La Légende de saint Julien*, décision qui doit être comprise (c'est en tout cas ce que prétend l'auteur) comme une façon d'échapper à la pression insupportable des événements. Et ce n'est qu'à la fin de la rédaction de *La Légende*, en février 1876, que Flaubert envisage d'écrire à la suite un autre conte, *Un cœur simple*, projet qui sera lui-même suivi, en avril, par l'hypothèse définitive de compléter l'ensemble avec un troisième texte de même dimension consacré à saint Jean-Baptiste, *Hérodias*. Mais de la rédaction de *Saint Julien* (septembre 1875-février 1876) à celle d'*Un cœur simple* (mars-août 1876) puis à celle d'*Hérodias* (novembre 1876-février 1877), les circonstances ne sont plus tout à fait les mêmes, et surtout, le point de vue de Flaubert sur les événements a considérablement évolué, en grande partie d'ailleurs, sous l'effet de ce travail qui l'a transformé.

L'année 1875.

Incontestablement, la rédaction de *Trois Contes* a commencé sous le signe du malheur : cette année 1875, à la fin de laquelle Flaubert décide d'écrire *Saint-Julien*, est l'une des plus sinistres de son existence. Un coup d'œil, même rapide, sur la chronologie suffit pour en juger. Depuis plusieurs années déjà l'horizon s'est singulièrement assombri. Il y a en arrière-fond toutes les déceptions récentes de sa carrière d'écrivain, et malgré le soutien d'un petit cercle d'admirateurs fidèles, l'amertume de ne pas avoir été compris sur l'essentiel depuis *Salammbô :* en 1869 la publication de *L'Éducation sentimentale* s'était soldée par un échec à peu près total ; *Le Candidat* joué en 1874 avait été un four, à tel point que tous les théâtres avaient refusé son autre pièce, *Le Sexe faible ;* quant à *La Tentation de saint Antoine* qui était l'œuvre de toute une vie et qu'il venait de publier en 1874, elle avait été encore plus mal accueillie que *L'Éducation* en 1869. Certes, Flaubert n'avait jamais cherché le succès facile ni la caution du grand public, mais maintenant il se sent rejeté. Enfin, depuis 1872, il s'est lancé dans une entreprise dont l'ampleur et la difficulté l'inquiètent de plus en plus : la préparation de *Bouvard et Pécuchet*, pour laquelle il accumule par milliers notes et documents, multipliant depuis trois ans les lectures et les recherches. La rédaction paraît s'enliser. Il commence à perdre confiance. A ce bilan assez accablant, il faut ajouter une nouvelle inquiétude, celle de l'âge. Flaubert n'a que cinquante-quatre ans, mais sa santé est de plus en plus fragile. Il s'est épuisé au travail pendant de nombreuses années, sans ménager ses forces : en 1874 son médecin l'oblige par prudence à faire une cure de repos en Suisse, à Kaltbad. Mais si Flaubert se sent vieux, ce n'est pas seulement parce que son corps se fatigue ; depuis quelques années ses meilleurs amis, ses proches disparaissent les uns après les autres : Bouilhet, l'ami de toujours est mort en 1869, puis ce fut Duplan l'année suivante, puis Jules de Goncourt, puis Théo et, en 1872, sa mère. Restent bien sûr George Sand, Tourgueneff, et le réconfort d'amitiés plus récentes : celle de Laporte, celle de ses jeunes admirateurs comme Guy de Maupassant, Zola, Daudet... Mais Flaubert vit dans la sensation qu'un désert est en train de se faire autour de lui, qu'une partie de sa vie est révolue et qu'il entre maintenant dans la vieillesse. L'âge, les deuils, des échecs depuis près de dix ans pour les œuvres auxquelles il avait consacré l'essentiel de sa vie : le tableau n'est guère lumineux. C'est pour Flaubert la sensation d'un déclin tout juste équilibré par une certaine stabilité des choses et par l'impression de pouvoir compter sur un certain confort matériel pour mener à bien, dans la solitude, les dernières œuvres qu'il voudrait écrire avant de disparaître.

Dans un tel climat, le désastre financier du printemps 1875, et la menace tout à fait concrète d'une ruine totale réduisent Flaubert à un état de désespoir facile à imaginer. Les faits sont bien connus, il suffit de rappeler l'essentiel : depuis 1865 Flaubert avait confié la gestion de ses biens au mari de sa nièce, E. de Commanville, qui était importateur de bois. Depuis 1870 les affaires n'étaient plus aussi saines, et quelques alertes graves avaient menacé l'entreprise. Mais Commanville avait emprunté pour couvrir les déficits. La situation s'était encore aggravée et, au début de l'année 1875, on est à deux doigts de la faillite. Le déficit dépasse un million de francs-or. Flaubert comprend que toute sa fortune mobilière est perdue. Il lui restait encore la ferme de Deauville, qui pouvait lui garantir 10 000 F de rentes ; mais il doit la vendre de toute urgence pour éviter à sa nièce Caroline l'humiliation de la faillite : les 200 000 F qu'il en obtient sont tout juste suffisants pour éviter le pire. En quelques mois, il se retrouve presque totalement privé de ressources et menacé de devoir vendre jusqu'à sa propre demeure de Croisset. Épuisé, saturé de dégoût, Flaubert ne peut plus écrire une seule ligne : il a des étouffements, des crises de larmes ; il frôle la dépression nerveuse. Il ne laisse rien paraître, en public, de son désespoir ; mais au fond de lui-même, il sait qu'il ne s'en remettra pas. Lorsqu'il annonce, en plaisantant, à ses amis sa prochaine disparition, il ne se trompe d'ailleurs pas de beaucoup puisqu'il doit mourir trois ans seulement après la publication de *Trois Contes*.

La remise au travail.

Au début de septembre 1875, la situation est toujours aussi mauvaise, mais le danger de perdre Croisset paraît moins imminent. Flaubert est exténué ; il a besoin de prendre l'air :

> « ... J'ai reçu un *coup* dont j'aurai du mal à revenir, si jamais j'en reviens ? Comme il me faut un grand change-

ment de milieu et d'habitude, dans une dizaine de jours je m'en irai à Concarneau où je me propose de rester jusqu'au mois de novembre. L'air salé de la mer me redonnera peut-être un peu d'énergie. J'ai la tête fatiguée comme si l'on m'avait donné dessus des coups de bâton, avec crampes d'estomac, maux de nerfs, et impossibilité radicale d'un travail quelconque... » (Lettre à la princesse Mathilde, 3 septembre 1875.)

Il arrive donc à Concarneau le 16 septembre, après avoir signé la veille à Deauville l'acte de vente de sa ferme. Il y est accueilli par un vieil ami, le naturaliste Pouchet, qui est le fils d'un ancien professeur de sciences naturelles au lycée, et qui travaille pour quelques semaines au laboratoire océanographique de Coste. Pouchet lui a réservé une jolie chambre à l'hôtel Sergent, devant le port, juste en face de la Ville close fortifiée par Vauban, et à deux pas de l'aquarium où il dissèque des homards. Officiellement, Flaubert est venu pour se reposer : « Je n'emporterai ni papier ni plumes. » Pendant une semaine, en effet, il se met réellement en vacances : grasses matinées, promenades le long de la mer, baignades, dîners gastronomiques. Pouchet l'initie à ses travaux et, en contrepartie, Flaubert lui tient compagnie pendant les séances de dissection en lui faisant la lecture à haute voix des meilleures pages du marquis de Sade. Il commence à se détendre. Ce n'est pas franchement la gaieté, et il ne se passe pas de jour qu'il ne refasse le triste bilan de la situation, mais l'angoisse s'éloigne, et petit à petit les forces lui reviennent. Au bout d'une semaine l'oisiveté commence même à lui peser, et entre deux rêveries nostalgiques il sort de ses malles le papier et les plumes qu'il avait tout de même pris soin d'emporter avec lui.

Le 25 septembre, il annonce incidemment à sa nièce qu'il s'est remis au travail depuis trois jours :

« ... Je t'assure que je suis bien raisonnable. J'ai même essayé de commencer quelque chose de court, car j'ai écrit (en trois jours) ! une demi-page *du* plan de *La Légende de saint Julien l'Hospitalier*. Si tu veux la connaître, prends

L'Essai sur la peinture sur verre, de Langlois. Enfin je me calme, à la surface du moins ; mais le fond reste bien noir (...) Mais je veux me forcer à écrire *Saint Julien*. Je ferai cela comme un pensum, pour voir ce qui en résultera. »

Une semaine plus tard, le 2 octobre, le *plan*, c'est-à-dire en fait le scénario complet du récit, est terminé et Flaubert passe à la rédaction proprement dite. Ce qu'il appelait son « pensum » est en train de le ramener à la vie. Déjà, le 11 octobre, l'état d'esprit a changé : « J'ai travaillé tout l'après-midi pour faire dix lignes ! Mais je n'en suis plus à me désespérer... » Et, une semaine plus tard, le 17 octobre, c'est un Flaubert tout à fait absorbé par la rédaction qui peut écrire : « Enfin, je ne croupis plus dans l'oisiveté qui me dévorait ; mais j'aurais besoin de quelques livres sur le Moyen Age ! Et puis ce n'est pas commode à écrire cette histoire-là !... » Une fois réamorcée, la dynamique de rédaction paraît se suffire à elle-même, et l'auteur se trouve comme malgré lui entraîné dans une activité créatrice de plus en plus « effervescente ». *Saint Julien* est achevé à Paris en février 1876, après six mois de travail intensif. Mais déjà Flaubert imagine qu'un autre conte lui permettrait « d'avoir à l'automne un petit volume », et début mars il commence l'élaboration d'*Un cœur simple*. En avril, après un court voyage à Honfleur et Pont-l'Évêque, « pour avoir des documents », il passe à la rédaction ; le second conte est terminé en août, à Croisset. Depuis avril, Flaubert a décidé d'y ajouter un troisième récit, *Hérodias*, pour lequel il fait quelques recherches à Paris en septembre. Puis il repart travailler à Croisset où il achève ce dernier conte le 1er février 1877. La dernière mise au net est faite à Paris, et tout est prêt le 15 février. D'abord conçue comme un défi lancé contre la noirceur du destin, cette triple création a donc très vite permis à Flaubert de surmonter son angoisse. Les *Trois Contes* lui ont refait une santé : « Jamais je ne me suis senti plus d'aplomb », déclare-t-il dès juillet 1876.

Petit à petit il se replonge dans sa vraie vie, celle de l'écriture qui dépasse en intensité les drames circonstanciels du présent ; et lorsqu'il écrit *Hérodias* (en trois mois !), c'est dans une « effrayante exaltation » qui le tient jusqu'à vingt heures de suite à son bureau. Bref, la remise au travail s'est soldée par une véritable remise à flot, et le naufrage de 1875 n'est plus qu'un mauvais souvenir lorsqu'en avril 1877 paraissent les *Trois Contes* publiés d'abord séparément dans la presse, puis édités en volume par Charpentier. Les circonstances de la rédaction ne signifient donc pas seulement la manière dont le présent peut peser sur la rédaction : c'est aussi une façon, pour l'acte d'écrire, d'agir en tant que tel sur le sens et la portée des circonstances. Il serait absurde de méconnaître ce que les *Trois Contes* doivent au désespoir de 1875 — notamment une forme très particulière de retour sur soi de l'auteur dans la fiction — mais cette dette paraît indissociable d'un jeu qui peut en renverser les signes. Est-ce un hasard d'ailleurs si de tous les textes flaubertiens, les *Trois Contes*, commencés sous le signe du malheur, sont pourtant les seules œuvres qui laissent irradier une lueur d'espoir ?

La Légende de saint Julien l'Hospitalier.

Lorsque Flaubert se décide à écrire *Saint Julien* en septembre 1875 à Concarneau, c'est à un vieux projet qu'il entend donner forme. Si l'on en croit Maxime Du Camp, il faut remonter à l'année 1846 (trente ans plus tôt) pour situer la naissance de ce projet qui aurait été suscité par une excursion à l'église de Caudebec où le jeune Flaubert aurait été inspiré par un vitrail racontant l'histoire de saint Julien. En réalité, il n'y a pas de vitrail de saint Julien à Caudebec, mais une verrière consacrée à saint Eustache et une statue représentant un autre saint Julien, celui de Cuenza. Selon toute probabilité c'est en fait dix ans plus tôt, en 1835, alors qu'il avait quatorze ans, que Flaubert, visitant cette même église de Caudebec en compagnie du savant

Langlois (son professeur de dessin au lycée de Rouen, ami de la famille et spécialiste de l'art du vitrail) fut frappé par l'extraordinaire histoire de saint Julien. E. H. Langlois, qui venait de faire des recherches sur toutes ces questions, fut très probablement le premier à attirer l'attention du jeune Gustave sur la similitude et la divergence des légendes de saint Hubert, de saint Eustache et de saint Julien dont la vie est racontée sur l'une des plus belles verrières de la cathédrale de Rouen. Sans entrer dans le détail des démonstrations érudites, disons que tout semble corroborer l'idée qu'en écrivant *La Légende* Flaubert fait de plusieurs manières une sorte de retour aux sources de sa propre histoire. Cette légende, il la porte en lui depuis l'enfance. Et ce n'est sûrement pas un hasard si, dans la *Correspondance*, la première allusion explicite au projet d'écrire *Saint Julien* fait précisément référence au livre que E. H. Langlois avait publié en 1832 : *Essai historique et descriptif sur la peinture sur verre*. Il s'agit là pour Flaubert d'une « source » indissociablement documentaire et autobiographique. Écrire *La Légende*, c'est renouer avec cette période heureuse de l'enfance ; c'est aussi renouer avec cette brillante année 1856 où, débordant d'énergie, Flaubert avait envisagé, après l'achèvement de *Madame Bovary*, de passer à la rédaction de *Saint Julien*. Le dossier des manuscrits comporte en effet un important ensemble de notes prises à cette époque et même un plan schématique qui prévoyait cinq parties et un scénario général assez différent de celui de 1875. Flaubert avait consulté « des bouquins sur la vie domestique au Moyen Age et la vénerie », relu la *Légende du beau Pécopin* de Victor Hugo pour éviter d'éventuelles ressemblances, et annoncé à ses amis son ambition de « faire une couleur amusante ». Finalement il préférera de plus vastes travaux, et le dossier de notes restera au fond de ses tiroirs pendant près de vingt ans. Ce dossier documentaire ne sera d'ailleurs jamais utilisé : Flaubert ne l'a probablement pas emporté avec lui à Concarneau, et s'il y a jeté un œil à son retour à Paris en novembre, il n'y a rien trouvé qui convienne à son nouveau projet. En fait, en commençant à bâtir son récit en septembre 1875, Flaubert peut travailler sans document. La rapidité avec laquelle il construit un scénario d'ensemble et commence à rédiger prouve qu'il a d'emblée une idée très claire de l'œuvre qu'il entreprend. La *Correspondance*, et notamment les lettres à sa nièce, montrent qu'il sait à l'avance de quels livres il aura besoin au cours de la rédaction : à Paris en novembre, il ne lui faudra pas plus de quelques semaines pour faire le tour des documents érudits qu'il entend utiliser dans son travail. En fait, tout était déjà prêt depuis longtemps dans son esprit, et les immenses lectures des années précédentes (pour *Saint Antoine* et pour *Bouvard*) représentent sur des questions innombrables un réservoir à peu près inépuisable de références disponibles. Pour les aspects les plus « techniques » de la rédaction, Flaubert consultera, en effet, quelques documents précis. Le *Carnet 17* démontre par exemple qu'il a dépouillé de nombreux traités de vénerie : *La Chasse de Gaston Phœbus*, *Le Livre de Chasse du Roy Modus*, la *Fauconnerie* de Jean de Franchières, et celle de Tardif. Ces documents lui fournissent un catalogue de termes spécifiques, d'images rares dont on retrouve les traces dans l'évocation des chasses du premier chapitre. Mais même dans un tel cas, on peut observer que l'exactitude technique compte moins pour Flaubert que la dimension d'imaginaire qui se trouve libérée par l'emprunt du détail érudit. La « source » la plus savante est toujours considérée comme l'espace d'un jeu où l'histoire vraie et les mots exacts servent d'abord à faire naître ou à relancer une rêverie créatrice dont la vérité est le dernier des soucis. De ce point de vue, la « source » essentielle de *Saint Julien* n'est pas un livre mais le vitrail qui raconte en images la vie de ce saint, dans la cathédrale de Rouen. Or si Flaubert avait demandé à son éditeur que cette verrière fût reproduite dans l'édition de luxe de *La Légende*, c'était afin que le lecteur se dît : « Je n'y comprends rien. Comment a-t-il tiré ceci de cela ? » ; et, de la même manière, si

Flaubert termine son histoire en précisant qu'elle vient d'être racontée « telle à peu près qu'on la trouve, sur un vitrail d'église dans mon pays », c'est pour insister sur cet « à peu près » qui intercale, entre le « ceci » et le « cela », ce qu'il considère comme le véritable travail de l'écrivain : ici la réécriture créatrice, l'invention moderne d'une légende médiévale qu'il recrée de toutes pièces en intégrant à son rêve une multiplicité de « sources » littéraires et historiques.

L'ensemble terminé se présente donc sous la forme d'une sorte de puzzle dans lequel on peut reconnaître plus ou moins nettement la présence des textes avec lesquels Flaubert a recomposé l'histoire de saint Julien : il y a le livre de Langlois, les *Acta Sanctorum*, la *Légende dorée* (les vies de saint Julien et de saint Christophe, dans la traduction de Brunet), la *Légende du beau Pécopin*, de Victor Hugo. Mais il y a aussi un livre de Maury, l'*Essai sur les légendes pieuses du Moyen Age* (1843) dans lequel Flaubert a puisé toute sorte de détails symboliques, et des éléments de méthode sur la genèse historique des légendes. C'est dans cet ouvrage qu'il a trouvé la référence d'un texte qui paraît avoir joué un rôle assez important dans la rédaction : l'article de Lecointre-Dupont, « La Légende de saint Julien le Pauvre, d'après un manuscrit de la Bibliothèque d'Alençon », paru dans les *Mémoires de la Société des Antiquaires de l'Ouest* (année 1838). Il s'agit d'une adaptation romantique de la légende que Flaubert s'amusera à pasticher, comme il le fera aussi d'une autre version moderne à laquelle il emprunte plusieurs éléments, celle de Joseph La Vallée dans *La Chasse à tir* (Hachette, 5e éd. 1873). Toutes ces lectures fournissaient à Flaubert la matière dont il avait besoin pour construire le plan détaillé de son récit. Or, chose étrange, à l'exception de quelques remaniements ajoutés en cours de rédaction (à Paris en novembre-décembre) le scénario initial, composé avec une extrême précision, est écrit sans document à Concarneau en moins de dix jours, et c'est ce plan détaillé de trois pages qui d'un bout à l'autre de la rédaction servira de schéma pour toute la genèse de l'œuvre.

La composition générale du récit est simple : elle s'ordonne en trois parties, elles-mêmes divisées en deux ou trois moments par des blancs. La première partie raconte la naissance et les enfances de Julien dans le château paternel, la montée du délire de la chasse, la journée du grand carnage d'animaux, l'épreuve de la malédiction du cerf et, enfin, la fuite loin du château paternel. La seconde partie, d'une dimension comparable à la première, présente la vie de Julien dans sa maturité : les années d'épopée guerrière, son mariage et son nouveau château, la nuit de grande chasse impossible, l'épreuve du parricide et, enfin, la fuite loin du château conjugal. Une troisième partie, de moitié plus courte que les deux précédentes, raconte la vieillesse et la mort de Julien : ses errances à travers le monde, son installation dans une cahute, son expiation dans le métier de passeur, l'épreuve du lépreux et, enfin, la fuite loin du monde entre les bras du Rédempteur. Cette construction en trois époques nettement distinctes se trouve soulignée par le fait qu'à la fin de chaque partie Julien rompt avec son passé et s'enfuit, en changeant d'âge, de lieu et d'identité. Mais les ruptures de cette vie ne parviennent pas à détruire son unité dont la logique fatale est précisément l'objet de la narration : Flaubert construit entre chaque épisode un système d'échos et de correspondances, élaboré en grandes structures (par symétries, annonces et rappels narratifs ou symboliques) et minutieusement installé jusque dans le détail stylistique de la rédaction. L'exemple le plus évident d'un tel dispositif est sans doute l'étonnante symétrie des deux grandes chasses, de la première et de la seconde partie : tous les éléments en sont point par point inversés selon un ordre qui ne laisse aucune place au hasard. La première chasse où Julien accomplit triomphalement un massacre d'animaux a lieu par une froide journée d'hiver, de l'aube au soir ; c'est Julien qui domine les bêtes, les encercle : elles sont les victimes, et lui le bourreau. Mais tout s'achève à la nuit par la malédiction du cerf qui annonce à Julien le meurtre de ses parents. La seconde chasse, où Julien ne parvient à tuer aucun animal, se déroule par une chaude nuit d'été, du soir au matin ; ce sont les bêtes qui dominent Julien, et l'encerclent : elles sont les bourreaux, et lui leur victime ; et tout se termine à l'aube par l'accomplissement du parricide où Julien réalise la prophétie de la première chasse. Cette symétrie générale n'est que le cadre d'un intense travail au cours duquel Flaubert parviendra à introduire l'effet de correspondance dans les détails les plus infimes de son écriture. Tout est organisé de longue main dans les brouillons pour que le texte final se trouve doté d'un important coefficient de résonance interne : à chaque instant de cette histoire le présent de l'action n'est qu'un tissu d'énigmes dont les solutions se dissimulent, en amont et en aval, dans la mémoire du texte. Tout cela résonne d'un bout à l'autre du récit comme cette intonation de cloche qui fait vibrer la voix du cerf dans la malédiction de la première partie, et dont l'écho se retrouve à la fin de l'histoire, dans l'appel impérieux du lépreux. *La Légende* se trouve ainsi traversée par une multiplicité de cohérences secondes qui, de l'intérieur, ajoutent à la narration linéaire de la vie de Julien, un foisonnement de récits esquissés en perspectives de fuite. Une étrange continuité sous-jacente conduit par exemple Julien, de l'épée sarrazine qu'il contemple dans la salle d'armes et des récits de croisades qu'il entend pendant l'enfance dans le château paternel, à un itinéraire glorieux qui se termine par une victoire sur les Infidèles. Le destin fait de lui l'héritier de l'Empire d'Occitanie : après avoir épousé une princesse dont les charmes juvéniles et orientaux préfigurent ceux de Salomé, Julien va s'installer, à la frontière de l'Orient et de l'Occident, dans un château « moresque » (symétrique du château des enfances) qui paraît symboliser dans *La Légende* cette présence d'un conte « à l'orientale » dont le développement narratif et symbolique se juxtapose à celui du récit hagiographique.

La Légende de saint Julien se caractérise ainsi par une étonnante densité d'évocations qui paraissent toutes converger dans l'élaboration d'une logique de la fatalité, mais sans qu'il soit possible, en fin de compte, d'établir clairement l'ordre des causes et des effets. En fait les ressources du genre ont permis à Flaubert d'utiliser la schématisation à deux fins opposées et complémentaires : c'est l'idée du récit en partie double. D'un côté on peut suivre l'histoire du point de vue de Dieu, et s'agissant de la vie d'un saint on ne s'étonnera pas que la Providence ait choisi les voies les plus détournées pour conduire l'âme de Julien au salut. De ce point de vue, il ne sera pas difficile d'apercevoir partout dans le récit la volonté de Dieu, constante mais de plus en plus nettement affirmée : quelles que soient ses errances, Julien est un élu, et c'est la transcendance qui donne la cohérence d'un destin exemplaire à cette vie si diverse. Mais, d'un autre côté, Dieu (si présent et si absent dans cette Histoire) n'est autre que Flaubert à l'œuvre ; et toute l'histoire peut se lire sans qu'il soit nécessaire de poser l'hypothèse d'une logique autre que narrative : la vie de Julien devient une énigme. De grandes configurations mythiques, celle d'Œdipe, celle de Narcisse, paraissent l'organiser ; mais ces mythes ne font que traverser le récit sans parvenir à se profiler intégralement. Ils ne suffisent guère à élucider le mystère d'un personnage que Flaubert s'est employé justement à priver de psychologie, en profitant des moyens qui sont ceux du conte. Reste l'explication par le vitrail, auquel tout le récit (d'ailleurs architecturé sur le modèle de la verrière de Rouen) se trouve rapporté comme en post-scriptum dans les dernières lignes du texte : « Et voilà l'histoire de saint Julien l'Hospitalier, telle à peu près qu'on la trouve, sur un vitrail d'église, dans mon pays. » Mais outre que cet « à peu près » renvoie l'énigme de l'histoire, comme on le sait, à cette réponse qu'est le texte lui-même dans son originalité, il faut encore observer que ledit vitrail n'est pas absent du récit et qu'il ne peut guère être tenu pour un témoin impartial du destin de Julien. A y regarder de près, on s'aperçoit que ce vitrail joue même un rôle décisif à plusieurs endroits de la narration : c'est lui par exemple, avec ses cristaux colorés et ses barrettes de plomb, qui obscurcit la lumière du matin dans la chambre, empêchant Julien de reconnaître ses parents avant le geste fatal. Et après avoir fourni les conditions du parricide, c'est encore lui qui éclaboussera de lueurs rouges les murs de la chambre pour mieux accuser Julien du crime qu'il vient de commettre par sa faute. Bref, où est la vérité dans cette histoire à dormir debout, sinon dans le rêve, dans ce travail du rêve que Flaubert a su fixer en un texte où circule le démon de l'indécidable ?

Un cœur simple.

En achevant son premier conte en février 1876, Flaubert sait déjà qu'il veut composer un volume dans lequel se trouveront associés deux ou trois récits. Rien ne prouve qu'il ait alors une vision claire du recueil, car les premières allusions à *Hérodias* ne se relèvent dans la *Correspondance* que deux mois plus tard, en avril. Mais Flaubert n'a probablement pas oublié sa vieille idée de 1856 : donner à la fois « du moderne, du Moyen Âge et de l'Antiquité ». Il a déjà une idée assez précise de son « Histoire d'un cœur simple » qui doit être différente non seulement par l'époque mais surtout par la tonalité : autant *Saint Julien* était « effervescent » autant *Un cœur simple* sera un récit « bonhomme ». Les premiers scénarios donnent de l' « Histoire d'un cœur simple » une image assez différente du texte définitif. Tout se passe comme si Flaubert avait négocié les rapports entre deux développements d'abord concurrents : d'un côté, le perroquet et son adoration par une vieille servante, d'un autre côté, la vie douloureuse, monotone et passionnée de cette vieille servante. C'est l'idée de l'animal idolâtré qui semble avoir d'abord retenu l'attention de l'auteur : un Perroquet adoré par une vieille servante, Félicité. « Peu à peu il meurt » ; une fois empaillé, Félicité « lui parle mort », puis elle obtient qu'il soit placé sur son reposoir, à la Fête-Dieu. La scène doit faire « tableau ». Enfin, l'émotion terrasse Félicité qui a une attaque : transportée à l'hôpital elle agonise en ayant « une vision mystique. Son perroquet est le Saint-Esprit. Elle meurt saintement ». A l'intérieur de ce scénario primitif, l'évocation de la vie de Félicité n'est pas absente, mais on est encore loin du partage définitif qui ne fera apparaître le perroquet Loulou qu'au troisième tiers de la narration (chap. IV), les deux premiers tiers du récit étant consacrés à l'histoire de la servante, au « demi-siècle de servitude ». Progressivement, Flaubert a donc été amené à décaler le thème du Perroquet (adoration, reposoir, vision mystique) d'une position centrale qui en faisait l'essentiel du récit à une situation de conclusion significative. Ce n'est plus l'histoire d'une vieille servante fétichiste et idolâtre : le perroquet ne devient objet d'amour que lorsque Félicité se sera trouvée successivement privée, par le destin, de tous ceux à qui elle a offert humblement son besoin d'aimer. On peut expliquer cette évolution de la rédaction de plusieurs manières, mais il ne fait aucun doute que l'influence de George Sand y a joué un très grand rôle. De décembre 1875 à avril 1876, Flaubert et sa vieille amie échangent plusieurs lettres sur le droit de l'artiste à exprimer ses convictions éthiques et ses sentiments personnels dans son œuvre. Flaubert reste intransigeant sur les principes d'impersonnalité de son art, mais il est manifestement ému par les thèses généreuses de George Sand ; et de son propre aveu, c'est en grande partie pour elle qu'il écrit *Un cœur simple.* Mais le projet de raconter la douloureuse histoire d'une servante n'a jamais été complètement absent de l'imaginaire flaubertien : cette idée apparaît dès 1836 dans *Rage et Impuissance,* et surtout s'incarne dans un personnage épisodique de *Madame Bovary,* Catherine Leroux, qui au cours des « Comices agricoles » porte témoignage des souffrances du peuple devant l'assemblée des « bourgeois épanouis ». Enfin, il est fort probable que dans ce récit à tonalité fortement autobiographique, l'évocation de Félicité soit aussi un hommage rendu par Flaubert à sa vieille bonne Julie, qui le verra mourir après l'avoir servi avec dévouement pendant un demi-siècle. En choisissant pour son histoire un cadre contemporain et normand, Flaubert se donne tous les moyens de revenir à loisir sur les souvenirs de sa jeunesse. Tout se passe un peu comme si l'extrême nostalgie qui s'était emparé de lui avec les catastrophes de l'année 1875 avait dû attendre un moment de meilleure santé morale pour pouvoir s'exprimer. En septembre 1875 Flaubert allait trop mal pour opérer directement ce retour sur soi. *Saint Julien* lui a permis de faire le même itinéraire dans le passé, mais par la médiation d'un vieux projet littéraire. Ce n'est pas un hasard si l'on retrouve dans *La Légende* de nombreuses traces des œuvres de jeunesse, de ces récits écrits à Rouen entre quatorze et dix-huit ans. Une fois *Saint Julien* terminé, Flaubert se sent mieux ; certes il ne s'agit pas pour lui de passer aux confidences. L'idée serait plutôt celle de donner forme littéraire à quelques fragments de réel qu'il connaît bien, dans un travail qui lui permet en outre de mettre ses souvenirs à l'épreuve des mots.

Les recherches déjà anciennes de Gérard Gailly ont parfaitement précisé la place importante que ces souvenirs occupent dans *Un cœur simple*, comme l'avait signalé d'ailleurs Caroline Commanville dans ses *Souvenirs intimes*. Des paysages, des lieux, des personnages, des anecdotes traversent la rédaction ; et c'est la mémoire personnelle du vécu qui souvent sert ici de point de départ pour la rêverie créatrice. Il y a le décor des vacances d'autrefois, la plage de Trouville, Pont-l'Évêque, la ferme de Gefosses, l'espace des années d'enfance. Et puis les figures anciennes que Flaubert avait bien connues : le capitaine Barbey, son perroquet, sa fille et sa servante, la mère David qui tenait l'auberge de l'*Agneau d'or* où il descendait avec ses parents. Flaubert invente en se souvenant ; il décrit le pays, ses traditions, les gens, le rythme provincial comme il les a connus et observés quarante ans plus tôt. Les enfants de Mme Aubain, Paul et Virginie, ne sont pas la réplique littéraire du couple enfantin que faisaient Gustave et sa petite sœur Caroline, mais Flaubert leur donne la même différence d'âge et les montre en train de jouer dans les paysages où lui-même s'amusait avec Caroline. En fait, le statut autobiographique de toutes ces évocations reste difficile à définir. Il ne fait aucun doute que Flaubert s'emploie à inscrire dans la narration des signes de reconnaissance à usage personnel, mais certains ont peu de chose à voir avec la spontanéité des souvenirs d'enfance. Il introduit dans l'histoire un marquis de Grémanville qui, à l'initiale près, n'est autre que le conseiller de Crémanville, lequel appartient effectivement à sa famille, mais sans qu'il ait été donné à Flaubert de le connaître autrement que par ouï-dire. De même, Virginie est mise en pension au couvent des Ursulines à Honfleur, et l'histoire familiale nous apprend que c'est précisément dans ce pensionnat que fut élevée la mère de Flaubert. Quel sens attribuer à de tels détails, de toute évidence délibérés, qui font coexister et satisfont tout à la fois l'allusion privée et l'exigence d'impersonnalité ? Il faut sans doute y voir un usage ludique du référent, comparable à ce qui advient, dans *Saint Julien* lorsque Flaubert s'amuse à citer en secret quelques fragments inédits de ses propres œuvres de jeunesse. Car, pour tout le reste, *Un cœur simple* obéit parfaitement aux principes de la méthode flaubertienne qui exclut toute confidence et toute prise de position personnelle de l'auteur. A tel point que, loin de s'en remettre dans la rédaction aux suggestions de sa propre mémoire, Flaubert accomplit pour ce conte un véritable travail préliminaire de documentation dans les livres et sur le terrain. Il visite Honfleur et Pont-l'Évêque, carnet en main, prend des notes sur l'église Saint-Michel, compulse un ouvrage de Lanté sur les costumes féminins en usage à Pont-l'Évêque au début du siècle, etc. Le pays de l'enfance fait l'objet d'une enquête serrée et les

« renseignements » versés au dossier le sont au même titre que les autres recherches documentaires : le détail des Processions pour lesquelles il consulte l'*Eucologe* de Lisieux, le *Traité de la pneumonie* de Grisolles sur les caractéristiques de cette maladie, des livres et des articles sur les perroquets, etc. Reste à savoir si cette documentation vise réellement l'exactitude de détail, ou si elle ne constitue pas plutôt, comme c'était le cas pour *Saint Julien*, une réserve de prétextes pour l'imaginaire, une collection de machines à rêver l'histoire d'un cœur simple. Tout en accumulant les notes et les lectures, Flaubert pouvait au même moment déclarer à George Sand : « Je regarde comme très secondaire le détail technique, le renseignement local, enfin le côté historique et exact des choses. Je recherche par-dessus tout la beauté... » Le document, à ce titre, n'est ni plus vrai ni plus faux que l'effet de mémoire : ce sont deux modalités pour le déclenchement ou la relance de l'activité inventive. Témoin cet autre « document » que Flaubert utilise pour la rédaction d'*Un cœur simple :* un perroquet de race « Amazone » empaillé qu'il place sur son bureau, afin, dit-il, de « peindre d'après nature », c'est-à-dire de « s'emplir l'âme de perroquet ».

Les débuts de la rédaction paraissent avoir été plus difficiles que pour *Saint Julien :*

> « ... depuis trois jours je ne *décolère pas :* je ne peux mettre en train mon *Histoire d'un cœur simple*. J'ai travaillé hier pendant seize heures, aujourd'hui toute la journée et, ce soir enfin, j'ai terminé la première page ». (Lettre à Mme Roger des Genettes, mars 1876.)

Un mois plus tard, il en est à la dixième page ; le rythme se maintient en mai et juin : la vision d'ensemble est maintenant bien définie ; le travail avance et c'est un Flaubert en pleine forme qui, le 19 juin 1876, s'explique sur le sens de son projet :

> « Je me suis remâté, j'ai envie d'écrire [...] et mon conte avance ! je l'aurai fini probablement dans deux

> mois ; *L'Histoire d'un cœur simple* est tout bonnement le récit d'une vie obscure, celle d'une pauvre fille de campagne, dévote mais mystique, dévouée sans exaltation et tendre comme du pain frais. Elle aime successivement un homme, les enfants de sa maîtresse, un neveu, un vieillard qu'elle soigne, puis son perroquet ; quand le perroquet est mort, elle le fait empailler et, en mourant à son tour, elle confond le perroquet avec le Saint-Esprit. Ce n'est nullement ironique comme vous le supposez, mais au contraire très sérieux et très triste. Je veux apitoyer, faire pleurer les âmes sensibles, en étant une moi-même. » (Lettre à Mme Roger des Genettes, Croisset.)

Flaubert se sent obligé de s'expliquer sur le soupçon d'ironie que laisse planer la confusion finale du Saint-Esprit (Paraclet) et du perroquet. N'oublions pas que la période où Flaubert écrit *Trois Contes* est, en France, une période d'ordre moral à coloration fortement cléricale : à Paris on vient juste d'inaugurer la basilique du Sacré-Cœur qui a été érigée en expiation des crimes de la Commune contre la religion. Bref, l'heure n'est pas tout à fait à la plaisanterie ; et les opinions de Flaubert sur la question religieuse sont assez connues pour qu'on puisse raisonnablement le soupçonner de perfidie lorsqu'il fait succéder, à une légende où la sainteté paraît être la récompense d'une vie entièrement vouée au crime, l'histoire lamentable d'une vieille servante idolâtre qui fait son salut en confondant le Saint-Esprit avec un volatile bariolé. Il serait pourtant impossible de confirmer l'hypothèse d'une ironie critique. D'une part, parce que Flaubert, dans ses textes, laisse toujours au lecteur la responsabilité d'une prise de position caractérisée sur le sens de son œuvre ; et, d'autre part, plus spécifiquement, parce qu'*Un cœur simple* paraît définir entre ironie et lyrisme, entre illusion et désillusion, un équilibre très différent de celui qui réglait la tonalité de *Madame Bovary* ou de *L'Éducation sentimentale*. Que Félicité puisse, en dépit de tout, garder ses illusions n'est pas une chose risible : le sinistre Bourais l'apprend à ses dépens puisque après avoir ri de Félicité, il se trouve comme par un fait exprès, réduit à une mort infamante. Quelles que soient l'ignorance de Félicité, son étroitesse d'esprit, sa folie même, elle se distingue (comme Catherine Leroux) de tous les autres personnages par son origine, qui fait une différence radicale : elle est du peuple. Elle ne partage pas avec les bourgeois, petits ou grands, cette fatuité qui patauge dans les idées reçues, cette compromission permanente de l'esprit aux prises avec l'obsession du profit : elle ne pense pas bassement. En revanche, il lui arrive de penser *bêtement*, et c'est ce que lui reproche sans arrêt Mme Aubain : « Comme vous êtes bête. » Mais cette bêtise même fait l'autre aspect de son identité : dans les brouillons, Flaubert avait pensé attribuer à Félicité le don d'un étrange « pouvoir sur les animaux ». Quelque chose en elle manifeste la présence d'une autre relation archaïque, profonde, avec l'ordre de la nature. Félicité risque sa vie pour sauver Paul et Virginie de la fureur du taureau, mais elle n'en tire aucun orgueil car elle ne se doute même pas de l'héroïsme de son geste. Ce qu'elle sait des choses de la vie, elle l'a appris de la nature : « Les animaux l'avaient instruite » ; quant à l'amour qu'elle porte à sa maîtresse, aux deux petits enfants qu'elle élève, à son neveu, il a le caractère absolu du « dévouement bestial ». Lorsqu'elle aura perdu les uns après les autres tous les êtres à qui elle avait choisi de consacrer son « besoin d'aimer », c'est naturellement vers le perroquet que se tournera son adoration. A mesure que le récit avance, la solitude qui se fait autour de Félicité et qui l'isole dans les dernières pages comme seul objet de la narration, pourrait contribuer à élargir sa stature d'héroïne. Mais il n'en est rien : ce qui gagne en importance, c'est son effacement. Sa vie s'épuise, banale, misérable, de plus en plus réduite à l'humilité d'un corps qui va vers le néant : « le petit cercle de ses idées se rétrécit encore... Ne communiquant avec personne, elle vivait dans une torpeur de somnambule ». Enfin, elle perd la vue, ne peut plus bouger de son lit. C'est comme une bête agonisante qu'elle assiste, de loin, à « l'apothéose du perroquet » : quelques bruits, une odeur d'encens, puis la mort où elle s'efface devant la vision du perroquet gigantesque. Rien n'est tenté par l'auteur pour attribuer à cette fin la valeur d'un sens : c'est au lecteur, à sa sensibilité, que revient le rôle d'opérer s'il le peut le renversement symbolique de ce lamentable échec, en reprenant à son propre compte l'indécidable échange du grotesque et du lyrisme qui traverse le pathos de cette légende des temps modernes.

Hérodias.

C'est à la fin d'avril 1876, alors qu'il vient juste de commencer *Un cœur simple*, que Flaubert annonce à ses amis son intention d'écrire un troisième conte :

> « Savez-vous ce que j'ai envie d'écrire après cela ? L'histoire de saint Jean-Baptiste. La vacherie d'Hérode pour Hérodias m'excite. Ce n'est encore qu'à l'état de rêve, mais j'ai bien envie de creuser cette idée-là. Si je m'y mets, cela me ferait trois contes, de quoi publier à l'automne un volume assez drôle. » (Lettre à Mme Roger des Genettes, Paris, fin avril 1876.)

Deux mois plus tard Flaubert qui continue à penser à son projet tout en rédigeant *Un cœur simple* précise ses intentions :

> « L'histoire d'Hérodias, telle que je la comprends, n'a aucun rapport avec la religion. Ce qui me séduit là-dedans, c'est la mine officielle d'Hérode (qui était un vrai préfet) et la figure farouche d'Hérodias, une sorte de Cléopâtre et de Maintenon. La question des races dominait tout. » (Lettre à Mme Roger des Genettes, Croisset, 19 juin 1876.)

On ne sait rien de certain sur l'origine de ce projet d'*Hérodias* qui est d'ailleurs un sujet sans précédent en littérature française (Mallarmé compose son *Hérodiade* en 1864, mais l'essentiel de l'œuvre reste inédit en 1876). Du Camp prétend que l'idée de cette œuvre obsédait Flaubert depuis longtemps ; ce n'est pas impossible, mais aucun document connu à ce jour ne permet de le prouver. En revanche, on le sait, la cathédrale de Rouen, où Flaubert avait déjà pu voir le grand vitrail de saint Julien, présente aussi, à son portail Nord, un ensemble de sculptures représentant le festin d'Hérode, l'exécution de Baptiste et Salomé qui danse « sur les mains les talons en l'air », dans la posture que l'auteur choisira de lui donner dans son texte. D'après Du Camp c'est là qu'il faut chercher la principale source d'inspiration d'*Hérodias*. Le rapprochement s'impose et Flaubert connaissait probablement ces sculptures depuis l'enfance. Mais s'agit-il à proprement parler d'une « source » ? Ce qui est sûr c'est que le sujet, tel au moins que le conçoit Flaubert, présente l'avantage de réunir plusieurs composantes de son imaginaire : anecdotiquement, le portrait d'Hérode en « préfet » le séduit au plus haut point ; et il y voit sans doute le moyen oblique de satisfaire un de ses récents projets romanesques, *Mr. le Préfet*, où il avait imaginé de définir, en situation, le profil d'un personnage officiel : celui qui « *doit* commettre tous les crimes par amour de l'ordre ». Mais surtout il y a l'intrigue elle-même, érotique et sanglante, le vertige d'un jeu sur le désir et la mort, et la fascination d'un double regard sur la femme orientale : Hérodias qui se recommence en Salomé. L'idée de décrire la danse de cette femme-enfant, offerte presque nue au regard de toute une foule, ne pouvait qu'enflammer l'imagination de Flaubert ; et il n'est pas certain que le rapprochement avec ses souvenirs personnels suffise à expliquer l'intérêt qu'il y trouve. Certes, la fameuse danse de Ruchiouk-Hanem, dont il avait consigné l'évocation dans ses *Notes de voyage*, a pu jouer un certain rôle sur le détail de la scène ; mais, là encore, s'agit-il d'une source décisive ? On peut en douter. En revanche, que Flaubert ait vu, dans *Hérodias*, l'occasion de revenir en imagination vers l'Orient qu'il avait connu en 1850, c'est assez probable. La rédaction flaubertienne prend très souvent appui sur des images mentales. Parallèlement à un travail presque abstrait sur le choix des mots, Flaubert a besoin de « voir », comme en rêve, ce qu'il veut évoquer : les tout premiers brouillons d'un texte flaubertien sont souvent organisés autour de micro-scénarios visuels qui se développent, parfois indépendamment les uns des autres, comme des noyaux d'images encore à peine verbalisées. Et il y a dans les souvenirs d'Orient une foule de visions qui n'avaient pas leur place dans *Salammbô* et qui restent disponibles à la rêverie, toutes prêtes à servir de prétextes pour une mise en scène narrative. Le lendemain du jour où il achève *Un cœur simple*, il sait qu'Hérodias exigera d'abord une certaine documentation, mais il *voit* déjà à quoi ressemblera le texte :

> « Maintenant que j'en ai fini avec *Félicité, Hérodias* se présente et *je vois* (nettement, comme *je vois* la Seine) la surface de la mer Morte scintiller au soleil. Hérode et sa femme sont sur un balcon d'où l'on découvre les tuiles dorées du Temple. Il me tarde de m'y mettre et de piocher furieusement cet automne... » (Lettre à Caroline, du 17 août, Croisset ; c'est Flaubert qui souligne.)

S'il faut « piocher » c'est justement parce que tout le travail de l'écrivain consistera à relier entre elles les choses vues, à en réduire la discontinuité, à les transposer dans un autre type de cohérence et de représentation qui rende la vision communicable, qui la transforme en texte :

> « Il ne s'agit pas seulement de voir, il faut arranger et fondre ce que l'on a vu. La Réalité selon moi, ne doit être qu'un *tremplin*. » (Lettre à Tourgueneff.)

Il en va d'ailleurs de même pour les choses vues et pour les choses lues : les notes documentaires, les renseignements érudits ne valent qu'à la manière d'une matière brute qu'il s'agit de transformer en produit littérairement fini, par un travail de composition interne. « Arranger et fondre » les notes n'est pas un aspect secondaire de la rédaction, qui pourrait se négocier dans le détail d'un texte pratiquement abouti : tout au contraire, c'est pour Flaubert un projet initial, qui se pose et doit être réglé au moment de l'élaboration du plan de l'œuvre. Le cas d'*Hérodias* présentait sur ce point des difficultés majeures : traiter d'oppositions et de mélanges de races, en tenant compte des conflits politiques et religieux qui dressent les uns contre les autres les différents groupes de pression et minorités de la Judée, trois ans avant la mort du Christ ; ajouter au tableau de cette situation complexe le point de vue des Romains, dont la présence charge encore le récit de déterminations historiques précises ; et tout cela dans un texte aussi bref que les deux autres contes, en évitant les écueils qui consisteraient à « édifier » ou à faire une leçon d'histoire. La solution d'un nombre aussi important de problèmes ne peut être que globale, et l'intégration des notes documentaires oblige Flaubert à « piocher » sévèrement la structuration générale de son récit :

> « Mes notes pour *Hérodias* sont prises, et je travaille mon plan. Car je me suis embarqué dans une petite œuvre qui n'est pas commode, à cause des explications dont le lecteur français a besoin. Faire clair et vif avec des éléments aussi complexes offre des difficultés gigantesques. » (Lettre à Tourgueneff, Croisset, octobre 1876.)

Ces éléments sont d'ailleurs d'autant plus « complexes » que Flaubert a compilé en quelques semaines un dossier de notes considérables, et multiplié les lectures au point d'être « exact » dans les domaines les plus variés, et aussi « complet » que possible. La *Correspondance*, le *Carnet 20* et le Dossier documentaire donnent une idée précise du travail de recherche auquel il s'est livré, mais aussi de la liberté avec laquelle il a finalement utilisé ses lectures savantes. Il s'est renseigné sur la topographie et l'architecture dans des ouvrages modernes (entre autres *Land of Moab* de Tristam, *Machaerous* de Parent) et des livres anciens (notamment *La Guerre des Juifs*, les *Antiquités judaïques*, de Flavius Josèphe). Sur la question religieuse, qu'il avait déjà eu l'occasion de travailler en détail pour *Saint Antoine*, Flaubert reprend la lecture des histoires modernes (*Vie de Jésus*, de Renan ; *Doctrines religieuses des Juifs*, *Études critiques sur la Bible*, de Michel Nicolas ; *Histoire d'Hérode*, de F. de Saulay). Il relit le *Nouveau Testament*, la Bible et notamment les Prophètes, les Psaumes. Sur l'administration romaine et les personnages de Lucius et Aulus Vitellius, il consulte Tacite et Suétone ; cherche des détails frappants pour la description du festin dans la *Rome au siècle d'Auguste* de Dezobry ; il consacre un chapitre de ses notes aux questions générales d' « administration militaire et religieuse », se documente sur les Arabes et les Parthes ; enfin, il s'adresse à ses amis érudits pour des questions plus « pointues » : l'orientaliste Clermont-Ganneau cherche pour lui des noms de villes dissyllabiques qui puissent prendre place dans l'évocation initiale du panorama, et Frédéric Baudry le renseigne sur l'astronomie hébraïque. Le schéma général de la narration se construit progressivement à l'aide de tous ces détails qu'il s'agit pour Flaubert de condenser et d'articuler autour du drame de la « Décollation de Jean-Baptiste ». Mais, comme toujours, la préoccupation essentielle de Flaubert reste la « composition ». Disposant des informations les plus précises, il s'empresse de les gauchir avec la plus grande liberté, bousculant la chronologie, rapprochant comme simultanés des événements qui ne se sont produits que dans un intervalle de temps beaucoup plus large, d'une quarantaine d'années environ. Tous les événements qui composent le fonds historique du conte sont chronologiquement inexacts : la guerre contre le Roi des Arabes, les secours militaires de Vitellius ne peuvent avoir eu lieu en 30-31 puisque Vitellius ne devint « gouverneur de la Syrie » (ou plutôt proconsul) qu'en 35. Au moment de l'exécution de Jean-Baptiste, la citadelle de Machaerous était selon toute probabilité aux mains des Arabes. De la même manière, l'emprisonnement d'Agrippa par Tibère n'eut lieu qu'en 37 ; mais le situer sept ans plus tôt, au moment même de l'action permet à Flaubert de préciser un aspect essentiel du climat d'intrigues dans lequel se déroule le drame. S'il falsifie délibérément le rythme des données historiques, c'est pour resserrer la logique de l'Histoire, pour en condenser la causalité dans une durée significative. Il en résulte, dans *Hérodias*, un étrange effet de vraisemblable qu'il faudrait rapprocher de la manière dont la dramaturgie classique concevait le temps tragique. Tant pis pour les quelques aménagements chronologiques qui permettent de réunir en un même lieu les acteurs historiques d'un drame sanglant dont l'action doit se nouer et se dénouer en quelques heures. La rédaction d'*Hérodias* fait d'ailleurs apparaître, plus précisément que dans les deux autres contes, la présence d'un modèle dramatique. La relative abondance des dialogues (assez rares dans *Un cœur simple* et presque absents dans *La Légende*), la brièveté des répliques, la cohésion des lieux (la forteresse), l'existence d'un problème tragique exposé très vite dans la narration (Jean-Baptiste sera-t-il ou non exécuté ?), l'entrée en scène réglée des différents personnages, donnent incontestablement l'impression que le récit est comme hanté par la tentation théâtrale. Mais, d'un autre côté, plusieurs pauses à valeur descriptive, le style indirect, le « flash-back », font revenir le récit à un modèle plus narratif. De toute évidence Flaubert a voulu travailler, pour ce conte, dans le sens d'une remise en cause des genres. Si on y ajoute l'enchaînement essentiellement visuel du scénario, il devient très difficile de ne pas penser ici à la technique du cinéma, qui associe spontanément les ressources génériques du récit et de la mise en scène. Quel que soit l'anachronisme du rapprochement, il s'impose, et semble même déborder la problématique d'un simple effet de « réception » : dans beaucoup de ses aspects, l'imaginaire flaubertien paraît effectivement se développer et prendre assise sur une représentation originairement visuelle des situations narratives, et dans cette mesure, de nombreux procédés d'écriture (y compris, et surtout peut-être dans les brouillons) paraissent directement anticiper sur les moyens que se donnera le discours cinématographique en matière de mise en scène, de prise de vue, de cadrage, de bande-son, et de montage. Les exemples abondent ; ainsi cet admirable « insert » par lequel le récit passe brutalement d'un plan sur Hérodias (insultée par la voix-off de Jean) à un zoom sur « la plate-forme » d'une maison où le Tétrarque aperçoit Salomé (d'abord dans un plan d'ensemble puis en gros plan). Les notes de régie des brouillons ne laissent aucun doute sur la technique de mise en scène visuelle qu'utilise Flaubert pour structurer la narration ; et son usage délibéré de l'ellipse, du fondu-enchaîné, des successions de plans rapides serait en partie à interpréter aussi comme les éléments d'une véritable tentative d'écriture du visible. Il reste que c'est bien à un texte qu'on a affaire, c'est-à-dire à une machinerie qui, en prenant son origine dans le fantasme ou la rêverie, ne vise en effet qu'à fixer et à produire du rêve mais par la ressource exclusive de la langue.

Flaubert avait visité le Salon de 1876 où Gustave Moreau exposait *Salomé dansant devant Hérode*, et *L'Apparition*. Ce souvenir plastique n'est pas absent des brouillons qui prévoyaient d'introduire dans les dernières phrases du conte le célèbre « rayonnement » qui se voit sur les toiles du peintre : « Soleil levant-mythe. La tête se confond avec le soleil dont elle masque le disque » (F° 713v) et « des rayons ont l'air d'en partir » (F° 705). Mais eût-elle été maintenue que cette allusion à la peinture n'aurait pas joué un rôle différent de celui qui est accordé au vitrail dans le final de la *Légende :* désigner entre l'image et le texte l'irréductible écart du « ceci » et du « cela ». La seule idée qu'on puisse ajouter une illustration à son texte (par exemple, un dessin de Moreau comme le lui suggérait Zola) faisait entrer Flaubert en transes : « Jamais ! vous ne me connaissez pas. » Il veut bien publier *saint Julien* avec une reproduction du vitrail ; mais justement parce que celui-ci « n'a aucun rapport » avec le livre ; parce qu'il ne s'agit pas d'une illustration mais d'un document. Quant aux images qui pourraient émaner du texte lui-même, celles que libèrent par milliers la syntaxe et le lexique de l'auteur, ce sont des images irréductiblement mobiles. S'arrêter à l'une d'entre elles serait fixer une interprétation, choisir un sens contre toutes les autres significations possibles. Ce serait figer ce que le texte s'est employé à rendre dynamique et indécidable.

La publication et l'accueil de la critique.

Flaubert termine la rédaction d'*Hérodias* dans un état d'exaltation difficile à décrire : « J'ai besoin de contempler une tête humaine fraîchement coupée » (à Caroline, le 28 janvier 1877). Le 1er février *Hérodias* est écrit. Quinze jours plus tard, tout est prêt pour la publication ; mais Flaubert est épuisé :

> « Quant à votre Polycarpe, pas plus tard que dans la nuit dernière, il a fini son troisième conte, et ce soir même le grand Tourgueneff a dû en commencer la traduction. Je vais me mettre dès la semaine prochaine à " faire gémir les presses " — qui ne gémissent plus — et le 16 avril prochain mon petit volume peut éclairer le monde. Avant de paraître en bouquin, mes trois historiettes paraîtront dans trois " feuilles publiques ". Votre ami a travaillé cet hiver d'une façon qu'il ne comprend pas lui-même ! Pendant les derniers huit jours, j'ai dormi en tout dix heures [*sic*] je ne me soutenais plus qu'à force de café et d'eau froide. Bref, j'étais en proie à une effrayante exaltation, un peu plus le petit bonhomme claquait comme un pétard. Il était temps de s'arrêter. » (A Mme Brainne, le 15 juillet 1877.)

L'œuvre est donc d'abord publiée en feuilleton dans la presse (entre le 12 et le 22 avril, dans *Le Moniteur* et

Le Bien public), puis les *Trois Contes*, rassemblés en un volume (in-18 Jésus) sortent chez Charpentier le 24 avril. Le livre est bien accueilli par le public, et même salué comme un événement littéraire par toute la critique, mais les ventes ne suivent pas : l'agitation politique du moment, les événements du 16 mai, les démenées de Mac-Mahon dispersent l'attention du public et perturbent le marché. Finalement, les ventes reprennent, et Charpentier fait cinq éditions de *Trois Contes* entre 1877 et 1878. Mais on est loin des tirages que connaît au même moment Zola avec *L'Assommoir*, publié aussi chez Charpentier. Il y a là un signe des temps. La presse a été unanime pour faire de *Trois Contes* un chef-d'œuvre. A l'exception de Brunetière qui n'a pu s'empêcher de cracher son venin, toutes les tendances critiques de l'époque se sont accordées pour témoigner à Flaubert une admiration à laquelle il n'avait, jusque-là, jamais eu droit. On peut soupçonner une sorte de malentendu dans cette unanimité, et sans doute aussi l'effet d'une évolution. Flaubert peut enfin être reconnu comme un maître : cette œuvre brève qui ne scandalise pas (comme *Madame Bovary* ou comme *L'Éducation sentimentale*) et qui ne paraît pas incompréhensible (comme *La Tentation de saint Antoine*) est une œuvre qui rassure. A tort, sans doute. Mais en 1877 ce n'est plus Flaubert, c'est Zola qui fait scandale. La correspondance avec George Sand prouve que Flaubert avait voulu, dans *Trois Contes*, marquer très nettement ce qui l'opposait aux tendances de la nouvelle école naturaliste. La critique de l'époque lui en a su gré, en se trompant peut-être sur l'essentiel. Aujourd'hui, le naturalisme a cessé de scandaliser. Quant aux *Trois Contes*, il est devenu bien difficile de croire que leur charme soit d'être une œuvre rassurante.

Pierre-Marc de BIASI.

TROIS CONTES

UN CŒUR SIMPLE

I

Pendant un demi-siècle, les bourgeoises de Pont-l'Évêque[1] envièrent à Mme Aubain sa servante Félicité.

Pour cent francs par an, elle faisait la cuisine et le ménage, cousait, lavait, repassait, savait brider un cheval, engraisser les volailles, battre le beurre, et resta fidèle à sa maîtresse, — qui cependant n'était pas une personne agréable.

Elle avait épousé un beau garçon sans fortune, mort au commencement de 1809, en lui laissant deux enfants très jeunes avec une quantité de dettes. Alors elle vendit ses immeubles, sauf la ferme de Toucques et la ferme de Geffosses[2], dont les rentes montaient à 5 000 francs tout au plus, et elle quitta sa maison de Saint-Melaine pour en habiter une autre moins dispendieuse, ayant appartenu à ses ancêtres et placée derrière les halles.

Cette maison, revêtue d'ardoises, se trouvait entre un passage et une ruelle aboutissant à la rivière. Elle avait intérieurement des différences de niveau qui faisaient trébucher. Un vestibule étroit séparait la cuisine de la *salle*[3] où Mme Aubain se tenait tout le long du jour, assise près de la croisée dans un fauteuil de paille. Contre le lambris, peint en blanc, s'alignaient huit chaises d'acajou. Un vieux piano supportait, sous un baromètre, un tas pyramidal de boîtes et de cartons. Deux bergères de tapisserie flanquaient la cheminée en marbre jaune et de style Louis XV. La pendule, au milieu, représentait un temple de Vesta ; — et tout l'appartement sentait un peu le moisi, car le plancher était plus bas que le jardin.

Au premier étage, il y avait d'abord la chambre de « Madame », très grande, tendue d'un papier à fleurs pâles, et contenant le portrait de « Monsieur » en costume de muscadin. Elle communiquait avec une chambre plus petite, où l'on voyait deux couchettes d'enfants, sans matelas. Puis venait le salon, toujours fermé, et rempli de meubles recouverts d'un drap. Ensuite un corridor menait à un cabinet d'étude ; des livres et des paperasses garnissaient les rayons d'une bibliothèque entourant de ses trois côtés un large bureau de bois noir. Les deux panneaux en retour disparaissaient sous des dessins à la plume, des paysages à la gouache et des gravures d'Audran[4], souvenirs d'un temps meilleur et d'un luxe évanoui. Une lucarne au second étage éclairait la chambre de Félicité, ayant vue sur les prairies.

Elle se levait dès l'aube, pour ne pas manquer la messe, et travaillait jusqu'au soir sans interruption ; puis, le dîner étant fini, la vaisselle en ordre et la porte bien close, elle enfouissait la bûche sous les cendres et s'endormait devant l'âtre, son rosaire à la main. Personne, dans les marchandages, ne montrait plus d'entêtement. Quant à la propreté, le poli de ses casseroles faisait le désespoir des autres servantes. Économe, elle mangeait avec lenteur, et recueillait du doigt sur la table les miettes de son pain, — un pain de douze livres, cuit exprès pour elle, et qui durait vingt jours.

En toute saison elle portait un mouchoir d'indienne fixé dans le dos par une épingle, un bonnet lui cachant les cheveux, des bas gris, un jupon rouge, et par-dessus sa camisole un tablier à bavette, comme les infirmières d'hôpital.

Son visage était maigre et sa voix aiguë. A vingt-cinq ans, on lui en donnait quarante. Dès la cinquantaine, elle ne marqua plus aucun âge ; — et, toujours silencieuse, la taille droite et les gestes mesurés, semblait une femme en bois, fonctionnant d'une manière automatique.

II

Elle avait eu, comme une autre, son histoire d'amour.

Son père, un maçon, s'était tué en tombant d'un échafaudage. Puis sa mère mourut, ses sœurs se dispersèrent, un fermier la recueillit, et l'employa toute petite à garder les vaches dans la campagne. Elle grelottait sous des haillons, buvait à plat ventre l'eau des mares, à propos de rien était battue, et finalement fut chassée pour un vol de trente sols, qu'elle n'avait pas commis. Elle entra dans une autre ferme, y devint fille de basse-cour, et, comme elle plaisait aux patrons, ses camarades la jalousaient.

Un soir du mois d'août (elle avait alors dix-huit ans), ils l'entraînèrent à l'assemblée de Colleville. Tout de suite elle fut étourdie, stupéfaite par le tapage des ménétriers, les lumières dans les arbres, la bigarrure des costumes, les dentelles, les croix d'or, cette masse de monde sautant à la fois. Elle se tenait à l'écart modestement, quand un jeune homme d'apparence cossue, et qui fumait sa pipe les deux coudes sur le timon d'un banneau[5], vint l'inviter à la danse. Il lui paya du cidre, du café, de la galette, un foulard, et, s'imaginant qu'elle le devinait, offrit de la reconduire. Au bord d'un champ d'avoine, il la renversa brutalement. Elle eut peur et se mit à crier. Il s'éloigna.

Un autre soir, sur la route de Beaumont, elle voulut dépasser un grand chariot de foin qui avançait lentement, et en frôlant les roues elle reconnut Théodore.

Il l'aborda d'un air tranquille, disant qu'il fallait tout pardonner, puisque c'était « la faute de la boisson ».

Elle ne sut que répondre et avait envie de s'enfuir.

Aussitôt il parla des récoltes et des notables de la commune, car son père avait abandonné Colleville pour la ferme des Écots, de sorte que maintenant ils se trouvaient voisins. — « Ah ! » dit-elle. Il ajouta qu'on désirait l'établir. Du reste, il n'était pas pressé, et attendait une femme à son goût. Elle baissa la tête. Alors il lui demanda si elle pensait au mariage. Elle reprit, en souriant, que c'était mal de se moquer. — « Mais non, je vous jure ! » et du bras gauche il lui entoura la taille ; elle marchait soutenue par son étreinte ; ils se ralentirent. Le vent était mou[6], les étoiles brillaient, l'énorme charretée de foin oscillait devant eux ; et les quatre chevaux, en traînant leurs pas, soulevaient de la poussière. Puis, sans commandement, ils tournèrent à droite. Il l'embrassa encore une fois. Elle disparut dans l'ombre.

Théodore, la semaine suivante, en obtint des rendez-vous.

Ils se rencontraient au fond des cours, derrière un mur, sous un arbre isolé. Elle n'était pas innocente à la manière des demoiselles, — les animaux l'avaient instruite ; — mais la raison et l'instinct de l'honneur l'empêchèrent de faillir. Cette résistance exaspéra l'amour de Théodore, si bien que pour le satisfaire (ou naïvement peut-être) il proposa de l'épouser. Elle hésitait à le croire. Il fit de grands serments.

Bientôt il avoua quelque chose de fâcheux : ses parents, l'année dernière, lui avaient acheté un homme[7] ; mais d'un jour à l'autre on pourrait le reprendre ; l'idée de servir l'effrayait. Cette couardise fut pour Félicité une preuve de tendresse ; la sienne en redoubla. Elle s'échappait la nuit, et parvenue au rendez-vous, Théodore la torturait avec ses inquiétudes et ses instances.

Enfin, il annonça qu'il irait lui-même à la Préfecture prendre des informations, et les apporterait dimanche prochain, entre onze heures et minuit.

Le moment arrivé, elle courut vers l'amoureux.

A sa place, elle trouva un de ses amis.

Il lui apprit qu'elle ne devait plus le revoir. Pour se garantir de la conscription[8], Théodore avait épousé une vieille femme très riche, Mme Lehoussais, de Toucques.

Ce fut un chagrin désordonné. Elle se jeta par terre, poussa des cris, appela le bon Dieu, et gémit toute seule dans la campagne jusqu'au soleil levant. Puis elle revint à la ferme, déclara son intention d'en partir ; et, au bout du mois, ayant reçu ses comptes, elle enferma tout son petit bagage dans un mouchoir, et se rendit à Pont-l'Évêque.

Devant l'auberge, elle questionna une bourgeoise en capeline de veuve, et qui précisément cherchait une cuisinière. La jeune fille ne savait pas grand-chose, mais paraissait avoir tant de bonne volonté et si peu d'exigences que Mme Aubain finit par dire :

« — Soit, je vous accepte ! »

Félicité, un quart d'heure après, était installée chez elle.

D'abord elle y vécut dans une sorte de tremblement que lui causaient « le genre de la maison » et le souvenir de « Monsieur », planant sur tout ! Paul et Virginie[9], l'un âgé de sept ans, l'autre de quatre à peine, lui semblaient formés d'une matière précieuse ; elle les portait sur son dos comme un cheval, et Mme Aubain lui défendit de les baiser à chaque minute, ce qui la mortifia. Cependant elle se trouvait heureuse. La douceur du milieu avait fondu sa tristesse.

Tous les jeudis, des habitués venaient faire une partie de boston. Félicité préparait d'avance les cartes et les chaufferettes. Ils arrivaient à huit heures bien juste, et se retiraient avant le coup de onze.

Chaque lundi matin, le brocanteur qui logeait sous l'allée étalait par terre ses ferrailles. Puis la ville se remplissait d'un bourdonnement de voix, où se mêlaient des hennissements de chevaux, des bêlements d'agneaux, des grognements de cochons, avec le bruit sec des carrioles dans la rue. Vers midi, au plus fort du marché, on voyait paraître sur le seuil un vieux paysan de haute taille, la casquette en arrière, le nez crochu, et qui était Robelin, le fermier de Geffosses. Peu de temps après, — c'était Liébard, le fermier de Toucques, petit, rouge, obèse, portant une veste grise et des houseaux armés d'éperons.

Tous deux offraient à leur propriétaire des poules ou des fromages. Félicité invariablement déjouait leurs astuces ; et ils s'en allaient pleins de considération pour elle.

A des époques indéterminées, Mme Aubain recevait la visite du marquis de Gremanville [10], un de ses oncles, ruiné par la crapule [11] et qui vivait à Falaise sur le dernier lopin de ses terres. Il se présentait toujours à l'heure du déjeuner, avec un affreux caniche dont les pattes salissaient tous les meubles. Malgré ses efforts pour paraître gentilhomme jusqu'à soulever son chapeau chaque fois qu'il disait : « Feu mon père », l'habitude l'entraînant, il se versait à boire coup sur coup, et lâchait des gaillardises. Félicité le poussait dehors poliment : « Vous en avez assez, monsieur de Gremanville ! A une autre fois ! » Et elle refermait la porte.

Elle l'ouvrait avec plaisir devant M. Bourais, ancien avoué. Sa cravate blanche et sa calvitie, le jabot de sa chemise, son ample redingote brune, sa façon de priser en arrondissant le bras, tout son individu lui produisait ce trouble où nous jette le spectacle des hommes extraordinaires.

Comme il gérait les propriétés de « Madame », il s'enfermait avec elle pendant des heures dans le cabinet de « Monsieur », et craignait toujours de se compromettre, respectait infiniment la magistrature, avait des prétentions au latin.

Pour instruire les enfants d'une manière agréable, il leur fit cadeau d'une géographie en estampes. Elles représentaient différentes scènes du monde, des anthropophages coiffés de plumes, un singe enlevant une demoiselle, des Bédouins dans le désert, une baleine qu'on harponnait, etc.

Paul donna l'explication de ces gravures à Félicité. Ce fut même toute son éducation littéraire.

Celle des enfants était faite par Guyot, un pauvre diable employé à la Mairie, fameux pour sa belle main, et qui repassait son canif sur sa botte.

Quand le temps était clair, on s'en allait de bonne heure à la ferme de Geffosses.

La cour est en pente, la maison dans le milieu ; et la mer, au loin, apparaît comme une tache grise.

Félicité retirait de son cabas des tranches de viande froide, et on déjeunait dans un appartement faisant suite à la laiterie. Il était le seul reste d'une habitation de plaisance, maintenant disparue. Le papier de la muraille, en lambeaux, tremblait aux courants d'air. Mme Aubain penchait son front, accablée de souvenirs ; les enfants n'osaient plus parler. « Mais jouez donc ! » disait-elle ; ils décampaient.

Paul montait dans la grange, attrapait des oiseaux, faisait des ricochets sur la mare, ou tapait avec un bâton les grosses futailles qui résonnaient comme des tambours.

Virginie donnait à manger aux lapins, se précipitait pour cueillir des bluets, et la rapidité de ses jambes découvrait ses petits pantalons brodés.

Un soir d'automne, on s'en retourna par les herbages.

La lune à son premier quartier éclairait une partie du ciel, et un brouillard flottait comme une écharpe sur les sinuosités de la Toucques. Des bœufs, étendus au milieu du gazon, regardaient tranquillement ces quatre personnes passer. Dans la troisième pâture quelques-uns se levèrent, puis se mirent en rond devant elles. — « Ne craignez rien ! » dit Félicité ; et, murmurant une sorte de complainte, elle flatta sur l'échine celui qui se trouvait le plus près ; il fit volte-face, les autres l'imitèrent. Mais, quand l'herbage suivant fut traversé, un beuglement formidable s'éleva. C'était un taureau, que cachait le brouillard. Il avança vers les deux femmes. Mme Aubain allait courir. — « Non ! non ! moins vite ! » Elles pressaient le pas cependant, et entendaient par-derrière un souffle sonore qui se rapprochait. Ses sabots, comme des marteaux, battaient l'herbe de la prairie ; voilà qu'il galopait maintenant ! Félicité se retourna, et elle arrachait à deux mains des plaques de terre qu'elle lui jetait dans les yeux. Il baissait le mufle, secouait les cornes et tremblait de fureur en beuglant horriblement. Mme Aubain, au bout de l'herbage avec ses deux petits, cherchait éperdue comment franchir le haut bord [12]. Félicité reculait toujours devant le taureau, et continuellement lançait des mottes de gazon qui l'aveuglaient, tandis qu'elle criait : — « Dépêchez-vous ! dépêchez-vous ! »

Mme Aubain descendit le fossé, poussa Virginie, Paul ensuite, tomba plusieurs fois en tâchant de gravir le talus, et à force de courage y parvint.

Le taureau avait acculé Félicité contre une claire-voie ; sa bave lui rejaillissait à la figure, une seconde de plus il l'éventrait. Elle eut le temps de se couler entre deux barreaux, et la grosse bête, toute surprise, s'arrêta.

Cet événement, pendant bien des années, fut un sujet de conversation à Pont-l'Évêque. Félicité n'en tira aucun orgueil, ne se doutant même pas qu'elle eût rien fait d'héroïque.

Virginie l'occupait exclusivement ; — car elle eut, à la suite de son effroi, une affection nerveuse, et M. Poupart, le docteur, conseilla les bains de mer de Trouville [13].

Dans ce temps-là, ils n'étaient pas fréquentés. Mme Aubain prit des renseignements, consulta Bourais, fit des préparatifs comme pour un long voyage.

Ses colis partirent la veille, dans la charrette de Liébard. Le lendemain, il amena deux chevaux dont l'un avait une selle de femme, munie d'un dossier de velours ; et sur la croupe du second un manteau roulé formait une manière de siège. Mme Aubain y monta, derrière lui. Félicité se chargea de Virginie, et Paul enfourcha l'âne de M. Lechaptois, prêté sous la condition d'en avoir grand soin.

La route était si mauvaise que ses huit kilomètres exigèrent deux heures. Les chevaux enfonçaient jusqu'aux paturons dans la boue, et faisaient pour en sortir de brusques mouvements des hanches ; ou bien ils butaient contre les ornières ; d'autres fois, il leur fallait sauter. La jument de Liébard, à de certains endroits, s'arrêtait tout à coup. Il attendait patiemment qu'elle se remît en marche ; et il parlait des personnes dont les propriétés bordaient la route, ajoutant à leur histoire des réflexions morales. Ainsi, au milieu de Toucques, comme on passait sous des fenêtres entourées de capucines, il dit, avec un haussement d'épaules :

— « En voilà une, Mme Lehoussais, qui au lieu de prendre un jeune homme... » Félicité n'entendit pas le reste ; les chevaux trottaient, l'âne galopait ; tous enfilèrent un sentier, une barrière tourna, deux garçons parurent, et l'on descendit devant le purin, sur le seuil même de la porte.

La mère Liébard, en apercevant sa maîtresse, prodigua les démonstrations de joie. Elle lui servit un déjeuner où il y avait un aloyau, des tripes, du boudin, une fricassée de poulet, du cidre mousseux, une tarte aux compotes et des prunes à l'eau-de-vie, accompagnant le tout de politesses à Madame qui paraissait en meilleure santé, à Mademoiselle devenue « magnifique », à M. Paul singulièrement « forci », sans oublier leurs grands-parents défunts que les Liébard avaient connus, étant au service de la famille depuis plusieurs générations. La ferme avait, comme eux, un caractère d'ancienneté. Les poutrelles du plafond étaient vermoulues, les murailles noires de fumée, les carreaux gris de poussière. Un dressoir en chêne supportait toutes sortes d'ustensiles, des brocs, des assiettes, des écuelles d'étain, des pièges à loup, des forces pour les moutons ; une seringue énorme fit rire les enfants[14]. Pas un arbre des trois cours qui n'eût des champignons à sa base, ou dans ses rameaux une touffe de gui. Le vent en avait jeté bas plusieurs. Ils avaient repris par le milieu ; et tous fléchissaient sous la quantité de leurs pommes. Les toits de paille, pareils à du velours brun et inégaux d'épaisseur, résistaient aux plus fortes bourrasques. Cependant la charreterie tombait en ruine. Mme Aubain dit qu'elle aviserait, et commanda de reharnacher les bêtes.

On fut encore une demi-heure avant d'atteindre Trouville. La petite caravane mit pied à terre pour passer les *Écores ;* c'était une falaise surplombant des bateaux ; et trois minutes plus tard, au bout du quai, on entra dans la cour de l'*Agneau d'or,* chez la mère David [15].

Virginie, dès les premiers jours, se sentit moins faible, résultat du changement d'air et de l'action des bains. Elle les prenait en chemise, à défaut d'un costume ; et sa bonne la rhabillait dans une cabane de douanier qui servait aux baigneurs.

L'après-midi, on s'en allait avec l'âne au-delà des Roches-Noires, du côté d'Hennequeville. Le sentier, d'abord, montait entre des terrains vallonnés comme la pelouse d'un parc, puis arrivait sur un plateau où alternaient des pâturages et des champs en labour. A la lisière du chemin, dans le fouillis des ronces, des houx se dressaient ; çà et là, un grand arbre mort faisait sur l'air bleu des zigzags avec ses branches.

Presque toujours on se reposait dans un pré, ayant Deauville à gauche, Le Havre à droite et en face la pleine mer. Elle était brillante de soleil, lisse comme un miroir, tellement douce qu'on entendait à peine son murmure ; des moineaux cachés pépiaient, et la voûte immense du ciel recouvrait tout cela. Mme Aubain, assise, travaillait à son ouvrage de couture ; Virginie près d'elle tressait des joncs ; Félicité sarclait des fleurs de lavande ; Paul, qui s'ennuyait, voulait partir.

D'autres fois, ayant passé la Toucques en bateau, ils cherchaient des coquilles. La marée basse laissait à découvert des oursins, des godefiches [16], des méduses ; et les enfants couraient, pour saisir des flocons d'écume que le vent emportait. Les flots endormis, en tombant sur le sable, se déroulaient le long de la grève ; elle s'étendait à perte de vue, mais du côté de la terre avait pour limite les dunes la séparant du *Marais*, large prairie en forme d'hippodrome. Quand ils revenaient par là, Trouville, au fond sur la pente du coteau, à chaque pas grandissait, et avec toutes ses maisons inégales semblait s'épanouir dans un désordre gai.

Les jours qu'il faisait trop chaud, ils ne sortaient pas de leur chambre. L'éblouissante clarté du dehors plaquait des barres de lumière entre les lames des jalousies. Aucun bruit dans le village. En bas, sur le trottoir, personne. Ce silence épandu augmentait la tranquillité des choses. Au loin, les marteaux des calfats tamponnaient des carènes, et une brise lourde apportait la senteur du goudron.

Le principal divertissement était le retour des barques. Dès qu'elles avaient dépassé les balises, elles commençaient à louvoyer. Leurs voiles descendaient aux deux tiers des mâts ; et, la misaine gonflée comme un ballon, elles avançaient, glissaient dans le clapotement des vagues, jusqu'au milieu du port, où l'ancre tout à coup tombait. Ensuite le bateau se plaçait contre le quai. Les matelots jetaient par-dessus le bordage des poissons palpitants ; une file de charrettes les attendait, et des femmes en bonnet de coton s'élançaient pour prendre les corbeilles et embrasser leurs hommes.

Une d'elles, un jour, aborda Félicité, qui peu de temps après entra dans la chambre, toute joyeuse. Elle avait retrouvé une sœur ; et Nastasie Barette, femme Leroux, apparut, tenant un nourrisson à sa poitrine, de la main droite un autre enfant, et à sa gauche un petit mousse les poings sur les hanches et le béret sur l'oreille.

Au bout d'un quart d'heure, Mme Aubain la congédia.

On les rencontrait toujours aux abords de la cuisine, ou dans les promenades que l'on faisait. Le mari ne se montrait pas.

Félicité se prit d'affection pour eux. Elle leur acheta une couverture, des chemises, un fourneau ; évidemment ils l'exploitaient. Cette faiblesse agaçait Mme Aubain, qui d'ailleurs n'aimait pas les familiarités du neveu, — car il tutoyait son fils ; — et, comme Virginie toussait et que la saison n'était plus bonne, elle revint à Pont-l'Évêque.

M. Bourais l'éclaira sur le choix d'un collège. Celui de Caen passait pour le meilleur. Paul y fut envoyé ; et fit bravement ses adieux, satisfait d'aller vivre dans une maison où il aurait des camarades.

Mme Aubain se résigna à l'éloignement de son fils, parce qu'il était indispensable. Virginie y songea de moins en moins. Félicité regrettait son tapage. Mais une occupation vint la distraire ; à partir de Noël, elle mena tous les jours la petite fille au catéchisme.

III

Quand elle avait fait à la porte une génuflexion, elle s'avançait sous la haute nef entre la double ligne des chaises, ouvrait le banc de Mme Aubain, s'asseyait, et promenait ses yeux autour d'elle.

Les garçons à droite, les filles à gauche, emplissaient les stalles du chœur ; le curé se tenait debout près du lutrin ; sur un vitrail de l'abside, le Saint-Esprit dominait la Vierge ; un autre la montrait à genoux devant l'Enfant Jésus, et, derrière le tabernacle, un groupe en bois représentait saint Michel terrassant le dragon[17].

Le prêtre fit d'abord un abrégé de l'Histoire Sainte. Elle croyait voir le paradis, le déluge, la tour de Babel, des villes tout en flammes, des peuples qui mouraient, des idoles renversées ; et elle garda de cet éblouissement le respect du Très-Haut et la crainte de sa colère. Puis elle pleura en écoutant la Passion. Pourquoi l'avaient-ils crucifié, lui qui chérissait les enfants, nourrissait les foules, guérissait les aveugles, et avait voulu, par douceur, naître au milieu des pauvres, sur le fumier d'une étable ? Les semailles, les moissons, les pressoirs, toutes ces choses familières dont parle l'Évangile, se trouvaient dans sa vie ; le passage de Dieu les avait sanctifiées ; et elle aima plus tendrement les agneaux par amour de l'Agneau, les colombes à cause du Saint-Esprit.

Elle avait peine à imaginer sa personne ; car il n'était pas seulement oiseau, mais encore un feu, et d'autres fois un souffle. C'est peut-être sa lumière qui voltige la nuit aux bords des marécages, son haleine qui pousse les nuées, sa voix qui rend les cloches harmonieuses ; et elle demeurait dans une adoration, jouissant de la fraîcheur des murs et de la tranquillité de l'église.

Quant aux dogmes, elle n'y comprenait rien, ne tâcha même pas de comprendre. Le curé discourait, les enfants récitaient, elle finissait par s'endormir ; et se réveillait tout à coup, quand ils faisaient en s'en allant claquer leurs sabots sur les dalles.

Ce fut de cette manière, à force de l'entendre, qu'elle apprit le catéchisme, son éducation religieuse ayant été négligée dans sa jeunesse ; et dès lors elle imita toutes les pratiques de Virginie, jeûnait comme elle, se confessait avec elle. A la Fête-Dieu, elles firent ensemble un reposoir.

La première communion la tourmentait d'avance. Elle s'agita pour les souliers, pour le chapelet, pour le livre, pour les gants. Avec quel tremblement elle aida sa mère à l'habiller !

Pendant toute la messe, elle éprouva une angoisse. M. Bourais lui cachait un côté du chœur ; mais juste en face, le troupeau des vierges portant des couronnes blanches par-dessus leurs voiles abaissés formait comme un champ de neige ; et elle reconnaissait de loin la chère petite à son cou plus mignon et son attitude recueillie. La cloche tinta. Les têtes se courbèrent ; il y eut un silence. Aux éclats de l'orgue, les chantres et la foule entonnèrent l'*Agnus Dei;* puis le défilé des garçons commença ; et, après eux, les filles se levèrent. Pas à pas, et les mains jointes, elles allaient vers l'autel tout illuminé, s'agenouillaient sur la première marche, recevaient l'hostie successivement, et dans le même ordre revenaient à leurs prie-Dieu. Quand ce fut le tour de Virginie, Félicité se pencha pour la voir ; et, avec l'imagination que donnent les vraies tendresses, il lui sembla qu'elle était elle-même cette enfant ; sa figure devenait la sienne, sa robe l'habillait, son cœur lui battait dans la poitrine ; au moment d'ouvrir la bouche, en fermant les paupières, elle manqua s'évanouir.

Le lendemain, de bonne heure, elle se présenta dans la sacristie, pour que M. le curé lui donnât la communion. Elle la reçut dévotement, mais n'y goûta pas les mêmes délices.

Mme Aubain voulait faire de sa fille une personne accomplie ; et, comme Guyot ne pouvait lui montrer ni l'anglais ni la musique, elle résolut de la mettre en pension chez les Ursulines d'Honfleur.

L'enfant n'objecta rien. Félicité soupirait, trouvant Madame insensible. Puis elle songea que sa maîtresse, peut-être, avait raison. Ces choses dépassaient sa compétence.

Enfin, un jour, une vieille tapissière [18] s'arrêta devant la porte ; et il en descendit une religieuse qui venait chercher Mademoiselle. Félicité monta les bagages sur l'impériale, fit des recommandations au cocher, et plaça dans le coffre six pots de confitures et une douzaine de poires, avec un bouquet de violettes.

Virginie, au dernier moment, fut prise d'un grand sanglot ; elle embrassait sa mère qui la baisait au front en répétant : — « Allons ! du courage ! du courage ! » Le marchepied se releva, la voiture partit.

Alors Mme Aubain eut une défaillance ; et le soir tous ses amis, le ménage Lormeau, Mme Lechaptois, *ces* demoiselles Rochefeuille, M. de Houppeville et Bourais se présentèrent pour la consoler.

La privation de sa fille lui fut d'abord très douloureuse. Mais trois fois la semaine elle en recevait une lettre, les autres jours lui écrivait, se promenait dans son jardin, lisait un peu, et de cette façon comblait le vide des heures.

Le matin, par habitude, Félicité entrait dans la chambre de Virginie, et regardait les murailles. Elle s'ennuyait de n'avoir plus à peigner ses cheveux, à lui lacer ses bottines, à la border dans son lit, — et de ne plus voir continuellement sa gentille figure, de ne plus la tenir par la main quand elles sortaient ensemble. Dans son désœuvrement, elle essaya de faire de la dentelle. Ses doigts trop lourds cassaient les fils ; elle n'entendait à rien[19], avait perdu le sommeil, suivant son mot, était « minée ».

Pour « se dissiper », elle demanda la permission de recevoir son neveu Victor.

Il arrivait le dimanche après la messe, les joues roses, la poitrine nue, et sentant l'odeur de la campagne qu'il avait traversée. Tout de suite, elle dressait son couvert. Ils déjeunaient l'un en face de l'autre ; et, mangeant elle-même le moins possible pour épargner la dépense, elle le bourrait tellement de nourriture qu'il finissait par s'endormir. Au premier coup des vêpres, elle le réveillait, brossait son pantalon, nouait sa cravate, et se rendait à l'église, appuyée sur son bras dans un orgueil maternel.

Ses parents le chargeaient toujours d'en tirer quelque chose, soit un paquet de cassonade, du savon, de l'eau-de-vie, parfois même de l'argent. Il apportait ses nippes à raccommoder ; et elle acceptait cette besogne, heureuse d'une occasion qui le forçait à revenir.

Au mois d'août, son père l'emmena au cabotage.

C'était l'époque des vacances. L'arrivée des enfants la consola. Mais Paul devenait capricieux, et Virginie n'avait plus l'âge d'être tutoyée, ce qui mettait une gêne, une barrière entre elles.

Victor alla successivement à Morlaix, à Dunkerque et à Brighton ; au retour de chaque voyage, il lui offrait un cadeau. La première fois, ce fut une boîte en coquilles ; la seconde, une tasse à café ; la troisième, un grand bonhomme en pain d'épice. Il embellissait, avait la taille bien prise, un peu de moustache, de bons yeux francs, et un petit chapeau de cuir, placé en arrière comme un pilote. Il l'amusait en lui racontant des histoires mêlées de termes marins.

Un lundi, 14 juillet 1819 (elle n'oublia pas la date),

Victor annonça qu'il était engagé au long cours, et, dans la nuit du surlendemain, par le paquebot de Honfleur, irait rejoindre sa goélette, qui devait démarrer du Havre prochainement. Il serait, peut-être, deux ans parti[20].

La perspective d'une telle absence désola Félicité ; et pour lui dire encore adieu, le mercredi soir, après le dîner de Madame, elle chaussa des galoches, et avala les quatre lieues qui séparent Pont-l'Évêque de Honfleur.

Quand elle fut devant le Calvaire, au lieu de prendre à gauche, elle prit à droite, se perdit dans des chantiers, revint sur ses pas ; des gens qu'elle accosta l'engagèrent à se hâter. Elle fit le tour du bassin rempli de navires, se heurtait contre des amarres ; puis le terrain s'abaissa, des lumières s'entrecroisèrent, et elle se crut folle, en apercevant des chevaux dans le ciel.

Au bord du quai, d'autres hennissaient, effrayés par la mer. Un palan qui les enlevait les descendait dans un bateau, où des voyageurs se bousculaient entre les barriques de cidre, les paniers de fromage, les sacs de grain ; on entendait chanter des poules, le capitaine jurait ; et un mousse restait accoudé sur le bossoir, indifférent à tout cela. Félicité, qui ne l'avait pas reconnu, criait : « Victor ! » ; il leva la tête ; elle s'élançait, quand on retira l'échelle tout à coup.

Le paquebot, que des femmes halaient en chantant, sortit du port. Sa membrure craquait, les vagues pesantes fouettaient sa proue. La voile avait tourné, on ne vit plus personne ; — et, sur la mer argentée par la lune, il faisait une tache noire qui pâlissait toujours, s'enfonça, disparut.

Félicité, en passant près du Calvaire, voulut recommander à Dieu ce qu'elle chérissait le plus ; et elle pria pendant longtemps, debout, la face baignée de pleurs, les yeux vers les nuages. La ville dormait, des douaniers se promenaient ; et de l'eau tombait sans discontinuer par les trous de l'écluse, avec un bruit de torrent. Deux heures sonnèrent.

Le parloir n'ouvrirait pas avant le jour. Un retard,

bien sûr, contrarierait Madame ; et, malgré son désir d'embrasser l'autre enfant, elle s'en retourna. Les filles de l'auberge s'éveillaient, comme elle entrait dans Pont-l'Évêque.

Le pauvre gamin durant des mois allait donc rouler sur les flots ! Ses précédents voyages ne l'avaient pas effrayée. De l'Angleterre et de la Bretagne, on revenait ; mais l'Amérique, les Colonies, les Îles, cela était perdu dans une région incertaine, à l'autre bout du monde.

Dès lors, Félicité pensa exclusivement à son neveu. Les jours de soleil, elle se tourmentait de la soif ; quand il faisait de l'orage, craignait pour lui la foudre. En écoutant le vent qui grondait dans la cheminée et emportait les ardoises, elle le voyait battu par cette même tempête, au sommet d'un mât fracassé, tout le corps en arrière, sous une nappe d'écume ; ou bien, — souvenir de la géographie en estampes —, il était mangé par les sauvages, pris dans un bois par des singes, se mourait le long d'une plage déserte. Et jamais elle ne parlait de ses inquiétudes.

Mme Aubain en avait d'autres sur sa fille.

Les bonnes sœurs trouvaient qu'elle était affectueuse, mais délicate. La moindre émotion l'énervait. Il fallut abandonner le piano.

Sa mère exigeait du couvent une correspondance réglée. Un matin que le facteur n'était pas venu, elle s'impatienta ; et elle marchait dans la salle, de son fauteuil à la fenêtre. C'était vraiment extraordinaire ! depuis quatre jours, pas de nouvelles !

Pour qu'elle se consolât par son exemple, Félicité lui dit :

— « Moi, madame, voilà six mois que je n'en ai reçu !... »

— « De qui donc ?... »

La servante répliqua doucement :

— « Mais... de mon neveu ! »

— « Ah ! votre neveu ! » Et, haussant les épaules, Mme Aubain reprit sa promenade, ce qui voulait dire : « Je n'y pensais pas !... Au surplus, je m'en moque ! un mousse, un gueux, belle affaire !... tandis que ma fille... Songez donc !... »

Félicité, bien que nourrie dans la rudesse, fut indignée contre Madame, puis oublia.

Il lui paraissait tout simple de perdre la tête à l'occasion de la petite.

Les deux enfants avaient une importance égale ; un lien de son cœur les unissait, et leurs destinées devaient être la même.

Le pharmacien lui apprit que le bateau de Victor était arrivé à la Havane. Il avait lu ce renseignement dans une gazette.

A cause des cigares, elle imaginait la Havane un pays où l'on ne fait pas autre chose que de fumer, et Victor circulait parmi des nègres dans un nuage de tabac. Pouvait-on « en cas de besoin » s'en retourner par terre ? A quelle distance était-ce de Pont-l'Évêque ? Pour le savoir, elle interrogea M. Bourais.

Il atteignit son atlas, puis commença des explications sur les longitudes ; et il avait un beau sourire de cuistre devant l'ahurissement de Félicité. Enfin, avec son porte-crayon, il indiqua dans les découpures d'une tache ovale un point noir, imperceptible, en ajoutant : « Voici. » Elle se pencha sur la carte ; ce réseau de lignes coloriées fatiguait sa vue, sans lui rien apprendre ; et Bourais l'invitant à dire ce qui l'embarrassait, elle le pria de lui montrer la maison où demeurait Victor. Bourais leva les bras, il éternua, rit énormément ; une candeur pareille excitait sa joie ; et Félicité n'en comprenait pas le motif, — elle qui s'attendait peut-être à voir jusqu'au portrait de son neveu, tant son intelligence était bornée !

Ce fut quinze jours après que Liébard, à l'heure du marché comme d'habitude, entra dans la cuisine, et lui remit une lettre qu'envoyait son beau-frère. Ne sachant lire aucun des deux, elle eut recours à sa maîtresse.

Mme Aubain, qui comptait les mailles d'un tricot, le posa près d'elle, décacheta la lettre, tressaillit, et, d'une voix basse, avec un regard profond :

— « C'est un malheur... qu'on vous annonce. Votre neveu... »

Il était mort. On n'en disait pas davantage.

Félicité tomba sur une chaise, en s'appuyant la tête à la cloison, et ferma ses paupières, qui devinrent roses tout à coup. Puis, le front baissé, les mains pendantes, l'œil fixe, elle répétait par intervalles :

— « Pauvre petit gars ! pauvre petit gars ! »

Liébard la considérait en exhalant des soupirs. Mme Aubain tremblait un peu.

Elle lui proposa d'aller voir sa sœur, à Trouville.

Félicité répondit, par un geste, qu'elle n'en avait pas besoin.

Il y eut un silence. Le bonhomme Liébard jugea convenable de se retirer.

Alors elle dit :

— « Ça ne leur fait rien, à eux ! »

Sa tête retomba ; et machinalement elle soulevait, de temps à autre, les longues aiguilles sur la table à ouvrage.

Des femmes passèrent dans la cour avec un bard[21] d'où dégouttelait du linge.

En les apercevant par les carreaux, elle se rappela sa lessive ; l'ayant coulée[22] la veille, il fallait aujourd'hui la rincer ; et elle sortit de l'appartement.

Sa planche et son tonneau étaient au bord de la Toucques. Elle jeta sur la berge un tas de chemises, retroussa ses manches, prit son battoir ; et les coups forts qu'elle donnait s'entendaient dans les autres jardins à côté. Les prairies étaient vides, le vent agitait la rivière ; au fond, de grandes herbes s'y penchaient, comme des chevelures de cadavres flottant dans l'eau. Elle retenait sa douleur, jusqu'au soir fut très brave ; mais, dans sa chambre, elle s'y abandonna, à plat ventre sur son matelas, le visage dans l'oreiller, et les deux poings contre les tempes.

Beaucoup plus tard, par le capitaine de Victor lui-même, elle connut les circonstances de sa fin. On l'avait trop saigné à l'hôpital, pour la fièvre jaune.

Quatre médecins le tenaient à la fois. Il était mort immédiatement, et le chef avait dit :

— « Bon ! encore un ! »

Ses parents l'avaient toujours traité avec barbarie. Elle aima mieux ne pas les revoir ; et ils ne firent aucune avance, par oubli, ou endurcissement de misérables.

Virginie s'affaiblissait.

Des oppressions, de la toux, une fièvre continuelle et des marbrures aux pommettes décelaient quelque affection profonde. M. Poupart avait conseillé un séjour en Provence[23]. Mme Aubain s'y décida, et eût tout de suite repris sa fille à la maison, sans le climat de Pont-l'Évêque.

Elle fit un arrangement avec un loueur de voitures, qui la menait au couvent chaque mardi. Il y a dans le jardin une terrasse d'où l'on découvre la Seine. Virginie s'y promenait à son bras, sur les feuilles de pampre tombées. Quelquefois le soleil traversant les nuages la forçait à cligner ses paupières, pendant qu'elle regardait les voiles au loin et tout l'horizon, depuis le château de Tancarville jusqu'aux phares du Havre. Ensuite on se reposait sous la tonnelle. Sa mère s'était procuré un petit fût d'excellent vin de Malaga ; et, riant à l'idée d'être grise, elle en buvait deux doigts, pas davantage.

Ses forces reparurent. L'automne s'écoula doucement. Félicité rassurait Mme Aubain. Mais, un soir qu'elle avait été aux environs faire une course, elle rencontra devant la porte le cabriolet de M. Poupart ; et il était dans le vestibule. Mme Aubain nouait son chapeau.

— « Donnez-moi ma chaufferette, ma bourse, mes gants ; plus vite donc ! »

Virginie avait une fluxion de poitrine ; c'était peut-être désespéré.

— « Pas encore ! » dit le médecin ; et tous deux montèrent dans la voiture, sous des flocons de neige qui tourbillonnaient. La nuit allait venir. Il faisait très froid.

Félicité se précipita dans l'église, pour allumer un cierge. Puis elle courut après le cabriolet, qu'elle rejoignit une heure plus tard, sauta légèrement par-derrière, où elle se tenait aux torsades, quand une réflexion lui vint : « La cour n'était pas fermée ! si des voleurs s'introduisaient ? » Et elle descendit.

Le lendemain, dès l'aube, elle se présenta chez le docteur. Il était rentré, et reparti à la campagne. Puis elle resta dans l'auberge, croyant que des inconnus apporteraient une lettre. Enfin, au petit jour, elle prit la diligence de Lisieux.

Le couvent se trouvait au fond d'une ruelle escarpée. Vers le milieu, elle entendit des sons étranges, un glas de mort. « C'est pour d'autres », pensa-t-elle ; et Félicité tira violemment le marteau.

Au bout de plusieurs minutes, des savates se traînèrent, la porte s'entrebâilla, et une religieuse parut.

La bonne sœur avec un air de componction dit qu' « elle venait de passer ». En même temps, le glas de Saint-Léonard redoublait.

Félicité parvint au second étage.

Dès le seuil de la chambre, elle aperçut Virginie étalée sur le dos, les mains jointes, la bouche ouverte, et la tête en arrière sous une croix noire s'inclinant vers elle, entre les rideaux immobiles, moins pâles que sa figure. Mme Aubain, au pied de la couche qu'elle tenait dans ses bras, poussait des hoquets d'agonie. La supérieure était debout, à droite. Trois chandeliers sur la commode faisaient des taches rouges, et le brouillard blanchissait les fenêtres. Des religieuses emportèrent Mme Aubain.

Pendant deux nuits, Félicité ne quitta pas la morte. Elle répétait les mêmes prières, jetait de l'eau bénite sur les draps, revenait s'asseoir, et la contemplait. A la fin de la première veille, elle remarqua que la figure avait jauni, les lèvres bleuirent, le nez se pinçait, les yeux s'enfonçaient. Elle les baisa plusieurs fois ; et n'eût pas éprouvé un immense étonnement si Virginie les eût rouverts ; pour de pareilles âmes le surnaturel est tout simple. Elle fit sa toilette, l'enveloppa de son linceul, la descendit dans sa bière, lui posa une couronne, étala ses cheveux. Ils étaient blonds, et extraordinaires de longueur à son âge. Félicité en coupa une grosse mèche, dont elle glissa la moitié dans sa poitrine, résolue à ne jamais s'en dessaisir[24].

Le corps fut ramené à Pont-l'Évêque, suivant les intentions de Mme Aubain, qui suivait le corbillard, dans une voiture fermée.

Après la messe, il fallut encore trois quarts d'heure pour atteindre le cimetière. Paul marchait en tête et sanglotait. M. Bourais était derrière, ensuite les principaux habitants, les femmes, couvertes de mantes noires, et Félicité. Elle songeait à son neveu, et, n'ayant pu lui rendre ces honneurs, avait un surcroît de tristesse, comme si on l'eût enterré avec l'autre.

Le désespoir de Mme Aubain fut illimité.

D'abord elle se révolta contre Dieu, le trouvant injuste de lui avoir pris sa fille, — elle qui n'avait jamais fait de mal, et dont la conscience était si pure ! Mais non ! elle aurait dû l'emporter dans le Midi. D'autres docteurs l'auraient sauvée ! Elle s'accusait, voulait la rejoindre, criait en détresse au milieu de ses rêves. Un, surtout, l'obsédait. Son mari, costumé comme un matelot, revenait d'un long voyage, et lui disait en pleurant qu'il avait reçu l'ordre d'emmener Virginie. Alors ils se concertaient pour découvrir une cachette quelque part.

Une fois, elle rentra du jardin, bouleversée. Tout à l'heure (elle montrait l'endroit) le père et la fille lui étaient apparus l'un auprès de l'autre, et ils ne faisaient rien ; ils la regardaient.

Pendant plusieurs mois, elle resta dans sa chambre, inerte. Félicité la sermonnait doucement ; il fallait se conserver pour son fils, et pour l'autre, en souvenir « d'elle ».

— « Elle ? » reprenait Mme Aubain, comme se réveillant. « Ah ! oui !... oui !... Vous ne l'oubliez pas ! » Allusion au cimetière, qu'on lui avait scrupuleusement défendu.

Félicité tous les jours s'y rendait.

A quatre heures précises, elle passait au bord des maisons, montait la côte, ouvrait la barrière, et arrivait devant la tombe de Virginie. C'était une petite colonne de marbre rose, avec une dalle dans le bas, et des chaînes autour enfermant un jardinet. Les plates-bandes disparaissaient sous une couverture de fleurs. Elle arrosait leurs feuilles, renouvelait le sable, se mettait à genoux pour mieux labourer la terre. Mme Aubain, quand elle put y venir, en éprouva un soulagement, une espèce de consolation.

Puis des années s'écoulèrent, toutes pareilles et sans autres épisodes que le retour des grandes fêtes : Pâques, l'Assomption, la Toussaint. Des événements intérieurs faisaient une date, où l'on se reportait plus tard. Ainsi, en 1825, deux vitriers badigeonnèrent le vestibule ; en 1827, une portion du toit, tombant dans la cour, faillit tuer un homme. L'été de 1828, ce fut à Madame d'offrir le pain bénit ; Bourais, vers cette époque, s'absenta mystérieusement ; et les anciennes connaissances peu à peu s'en allèrent : Guyot, Liébard, Mme Lechaptois, Robelin, l'oncle Gremanville, paralysé depuis longtemps.

Une nuit, le conducteur de la malle-poste annonça dans Pont-l'Évêque la Révolution de juillet. Un sous-préfet nouveau, peu de jours après, fut nommé : le baron de Larsonnière, ex-consul en Amérique, et qui avait chez lui, outre sa femme, sa belle-sœur avec trois demoiselles, assez grandes déjà. On les apercevait sur leur gazon, habillées de blouses flottantes ; elles possédaient un nègre et un perroquet. Mme Aubain eut leur visite, et ne manqua pas de la rendre. Du plus loin qu'elles paraissaient, Félicité accourait pour la prévenir. Mais une chose était seule capable de l'émouvoir, les lettres de son fils.

Il ne pouvait suivre aucune carrière, étant absorbé dans les estaminets. Elle lui payait ses dettes ; il en refaisait d'autres ; et les soupirs que poussait Mme Aubain, en tricotant près de la fenêtre, arrivaient à Félicité, qui tournait son rouet dans la cuisine.

Elles se promenaient ensemble le long de l'espalier ;

et causaient toujours de Virginie, se demandant si telle chose lui aurait plu, en telle occasion ce qu'elle eût dit probablement.

Toutes ses petites affaires occupaient un placard dans la chambre à deux lits. Mme Aubain les inspectait le moins souvent possible. Un jour d'été, elle se résigna ; et des papillons s'envolèrent de l'armoire.

Ses robes étaient en ligne sous une planche où il y avait trois poupées, des cerceaux, un ménage, la cuvette qui lui servait. Elles retirèrent également les jupons, les bas, les mouchoirs, et les étendirent sur les deux couches, avant de les replier. Le soleil éclairait ces pauvres objets, en faisait voir les taches, et des plis formés par les mouvements du corps. L'air était chaud et bleu, un merle gazouillait, tout semblait vivre dans une douceur profonde. Elles retrouvèrent un petit chapeau de peluche, à longs poils, couleur marron ; mais il était tout mangé de vermine. Félicité le réclama pour elle-même. Leurs yeux se fixèrent l'une sur l'autre, s'emplirent de larmes ; enfin la maîtresse ouvrit ses bras, la servante s'y jeta ; et elles s'étreignirent, satisfaisant leur douleur dans un baiser qui les égalisait.

C'était la première fois de leur vie, Mme Aubain n'étant pas d'une nature expansive. Félicité lui en fut reconnaissante comme d'un bienfait, et désormais la chérit avec un dévouement bestial et une vénération religieuse.

La bonté de son cœur se développa.

Quand elle entendait dans la rue les tambours d'un régiment en marche, elle se mettait devant la porte avec une cruche de cidre, et offrait à boire aux soldats. Elle soigna des cholériques[25]. Elle protégeait les Polonais[26], et même il y en eut un qui déclarait la vouloir épouser. Mais ils se fâchèrent ; car un matin, en rentrant de l'angélus, elle le trouva dans sa cuisine, où il s'était introduit, et accommodé une vinaigrette qu'il mangeait tranquillement.

Après les Polonais, ce fut le père Colmiche, un vieillard passant pour avoir fait des horreurs en 93. Il vivait au bord de la rivière, dans les décombres d'une porcherie. Les gamins le regardaient par les fentes du mur, et lui jetaient des cailloux qui tombaient sur son grabat, où il gisait, continuellement secoué par un catarrhe, avec des cheveux très longs, les paupières enflammées, et au bras une tumeur plus grosse que sa tête. Elle lui procura du linge, tâcha de nettoyer son bouge, rêvait à l'établir dans le fournil, sans qu'il gênât Madame. Quand le cancer eut crevé, elle le pansa tous les jours, quelquefois lui apportait de la galette, le plaçait au soleil sur une botte de paille ; et le pauvre vieux, en bavant et en tremblant, la remerciait de sa voix éteinte, craignait de la perdre, allongeait les mains dès qu'il la voyait s'éloigner. Il mourut ; elle fit dire une messe pour le repos de son âme.

Ce jour-là, il lui advint un grand bonheur : au moment du dîner, le nègre de Mme de Larsonnière se présenta, tenant le perroquet dans sa cage, avec le bâton, la chaîne et le cadenas. Un billet de la baronne annonçait à Mme Aubain que, son mari étant élevé à une préfecture, ils partaient le soir ; et elle la priait d'accepter cet oiseau, comme un souvenir, et en témoignage de ses respects.

Il occupait depuis longtemps l'imagination de Félicité, car il venait d'Amérique, et ce mot lui rappelait Victor, si bien qu'elle s'en informait auprès du nègre. Une fois même elle avait dit : — « C'est Madame qui serait heureuse de l'avoir ! »

Le nègre avait redit le propos à sa maîtresse, qui, ne pouvant l'emmener, s'en débarrassait de cette façon.

IV

Il s'appelait Loulou. Son corps était vert, le bout de ses ailes rose, son front bleu, et sa gorge dorée[27].

Mais il avait la fatigante manie de mordre son bâton, s'arrachait les plumes, éparpillait ses ordures, répandait l'eau de sa baignoire; Mme Aubain, qu'il ennuyait, le donna pour toujours à Félicité.

Elle entreprit de l'instruire; bientôt il répéta : « Charmant garçon ! Serviteur, monsieur ! Je vous salue, Marie ! » Il était placé auprès de la porte, et plusieurs s'étonnaient qu'il ne répondît pas au nom de Jacquot, puisque tous les perroquets s'appellent Jacquot. On le comparait à une dinde, à une bûche : autant de coups de poignard pour Félicité ! Étrange obstination de Loulou, ne parlant plus du moment qu'on le regardait !

Néanmoins il recherchait la compagnie; car le dimanche, pendant que *ces* demoiselles Rochefeuille, M. de Houppeville et de nouveaux habitués : Onfroy l'apothicaire, M. Varin et le capitaine Mathieu, faisaient leur partie de cartes, il cognait les vitres avec ses ailes, et se démenait si furieusement qu'il était impossible de s'entendre.

La figure de Bourais, sans doute, lui paraissait très drôle. Dès qu'il l'apercevait, il commençait à rire, à rire de toutes ses forces. Les éclats de sa voix bondissaient dans la cour, l'écho les répétait, les voisins se mettaient à leurs fenêtres, riaient aussi; et, pour n'être pas vu du perroquet, M. Bourais se coulait le long du mur, en dissimulant son profil avec son chapeau, atteignait la rivière, puis entrait par la porte du jardin; et les regards qu'il envoyait à l'oiseau manquaient de tendresse.

Loulou avait reçu du garçon boucher une chiquenaude, s'étant permis d'enfoncer la tête dans sa corbeille; et depuis lors il tâchait toujours de le pincer à travers sa chemise. Fabu menaçait de lui tordre le cou, bien qu'il ne fût pas cruel, malgré le tatouage de ses bras et ses gros favoris. Au contraire ! il avait plutôt du penchant pour le perroquet, jusqu'à vouloir, par humeur joviale, lui apprendre des jurons. Félicité, que ces manières effrayaient, le plaça dans la cuisine. Sa chaînette fut retirée, et il circulait par la maison.

Quand il descendait l'escalier, il appuyait sur les marches la courbe de son bec, levait la patte droite, puis la gauche ; et elle avait peur qu'une telle gymnastique ne lui causât des étourdissements. Il devint malade, ne pouvait plus parler ni manger. C'était sous sa langue une épaisseur, comme en ont les poules quelquefois. Elle le guérit, en arrachant cette pellicule avec ses ongles. M. Paul, un jour, eut l'imprudence de lui souffler aux narines la fumée d'un cigare ; une autre fois que Mme Lormeau l'agaçait du bout de son ombrelle, il en happa la virole ; enfin, il se perdit.

Elle l'avait posé sur l'herbe pour le rafraîchir, s'absenta une minute ; et, quand elle revint, plus de perroquet ! D'abord elle le chercha dans les buissons, au bord de l'eau et sur les toits, sans écouter sa maîtresse qui lui criait : — « Prenez donc garde ! vous êtes folle ! » Ensuite elle inspecta tous les jardins de Pont-l'Évêque ; et elle arrêtait les passants. — « Vous n'auriez pas vu, quelquefois, par hasard, mon perroquet ? » A ceux qui ne connaissaient pas le perroquet, elle en faisait la description. Tout à coup, elle crut distinguer derrière les moulins, au bas de la côte, une chose verte qui voltigeait. Mais au haut de la côte, rien ! Un porte-balle[28] lui affirma qu'il l'avait rencontré tout à l'heure, à Saint-Melaine[29], dans la boutique de la mère Simon. Elle y courut. On ne savait pas ce qu'elle voulait dire. Enfin elle rentra, épuisée, les savates en lambeaux, la mort dans l'âme ; et, assise au milieu du banc, près de Madame, elle racontait toutes ses démarches, quand un poids léger lui tomba sur l'épaule, Loulou ! Que diable avait-il fait ? Peut-être qu'il s'était promené aux environs !

Elle eut du mal à s'en remettre, ou plutôt ne s'en remit jamais.

Par suite d'un refroidissement, il lui vint une angine ; peu de temps après, un mal d'oreilles. Trois ans plus tard, elle était sourde ; et elle parlait très haut, même à l'église. Bien que ses péchés auraient pu sans déshonneur pour elle, ni inconvénient pour le monde, se répandre à tous les coins du diocèse, M. le curé jugea convenable de ne plus recevoir sa confession que dans la sacristie.

Des bourdonnements illusoires achevaient de la troubler. Souvent sa maîtresse lui disait : — « Mon Dieu ! comme vous êtes bête ! » ; elle répliquait : — « Oui, Madame », en cherchant quelque chose autour d'elle.

Le petit cercle de ses idées se rétrécit encore, et le carillon des cloches, le mugissement des bœufs n'existaient plus. Tous les êtres fonctionnaient avec le silence des fantômes. Un seul bruit arrivait maintenant à ses oreilles, la voix du perroquet.

Comme pour la distraire, il reproduisait le tic-tac du tournebroche, l'appel aigu d'un vendeur de poisson, la scie du menuisier qui logeait en face ; et, aux coups de la sonnette, imitait Mme Aubain, — « Félicité ! la porte ! la porte ! »

Ils avaient des dialogues, lui, débitant à satiété les trois phrases de son répertoire, et elle, y répondant par des mots sans plus de suite, mais où son cœur s'épanchait. Loulou, dans son isolement, était presque un fils, un amoureux. Il escaladait ses doigts, mordillait ses lèvres, se cramponnait à son fichu ; et, comme elle penchait son front en branlant la tête à la manière des nourrices, les grandes ailes du bonnet et les ailes de l'oiseau frémissaient ensemble.

Quand des nuages s'amoncelaient et que le tonnerre grondait, il poussait des cris, se rappelant peut-être les ondées de ses forêts natales. Le ruissellement de l'eau excitait son délire ; il voletait éperdu, montait au plafond, renversait tout, et par la fenêtre allait barboter dans le jardin ; mais revenait vite sur un des chenets, et, sautillant pour sécher ses plumes, montrait tantôt sa queue, tantôt son bec.

Un matin du terrible hiver de 1837, qu'elle l'avait mis devant la cheminée, à cause du froid, elle le trouva mort, au milieu de sa cage, la tête en bas, et les ongles dans les fils de fer. Une congestion l'avait tué, sans doute ? Elle crut à un empoisonnement par le persil ; et, malgré l'absence de toutes preuves, ses soupçons portèrent sur Fabu.

Elle pleura tellement que sa maîtresse lui dit : — « Eh bien ! faites-le empailler ! »

Elle demanda conseil au pharmacien, qui avait toujours été bon pour le perroquet.

Il écrivit au Havre. Un certain Fellacher se chargea de cette besogne. Mais, comme la diligence égarait parfois les colis, elle résolut de le porter elle-même jusqu'à Honfleur.

Les pommiers sans feuilles se succédaient aux bords de la route. De la glace couvrait les fossés. Des chiens aboyaient autour des fermes ; et les mains sous son mantelet, avec ses petits sabots noirs et son cabas, elle marchait prestement, sur le milieu du pavé.

Elle traversa la forêt, dépassa le Haut-Chêne, atteignit Saint-Gatien.

Derrière elle, dans un nuage de poussière et emportée par la descente, une malle-poste au grand galop se précipitait comme une trombe. En voyant cette femme qui ne se dérangeait pas, le conducteur se dressa par-dessus la capote, et le postillon criait aussi, pendant que ses quatre chevaux, qu'il ne pouvait retenir, accéléraient leur train ; les deux premiers la frôlaient ; d'une secousse de ses guides, il les jeta dans le débord [30], mais furieux releva le bras, et à pleine volée, avec son grand fouet, lui cingla du ventre au chignon un tel coup qu'elle tomba sur le dos.

Son premier geste, quand elle reprit connaissance, fut d'ouvrir son panier. Loulou n'avait rien, heureusement. Elle sentit une brûlure à la joue droite ; ses mains qu'elle y porta étaient rouges. Le sang coulait.

Elle s'assit sur un mètre de cailloux [31], se tamponna le visage avec son mouchoir, puis elle mangea une croûte de pain, mise dans son panier par précaution, et se consolait de sa blessure en regardant l'oiseau.

Arrivée au sommet d'Ecquemauville, elle aperçut les lumières de Honfleur qui scintillaient dans la nuit comme une quantité d'étoiles ; la mer, plus loin, s'étalait confusément. Alors une faiblesse l'arrêta ; et la misère de son enfance, la déception du premier amour, le départ de son neveu, la mort de Virginie, comme les flots d'une marée, revinrent à la fois, et, lui montant à la gorge, l'étouffaient.

Puis elle voulut parler au capitaine du bateau ; et, sans dire ce qu'elle envoyait, lui fit des recommandations.

Fellacher garda longtemps le perroquet. Il le promettait toujours pour la semaine prochaine ; au bout de six mois, il annonça le départ d'une caisse ; et il n'en fut plus question. C'était à croire que jamais Loulou ne reviendrait. « Ils me l'auront volé ! » pensait-elle.

Enfin il arriva, — et splendide, droit sur une branche d'arbre, qui se vissait dans un socle d'acajou, une patte en l'air, la tête oblique, et mordant une noix, que l'empailleur par amour du grandiose avait dorée.

Elle l'enferma dans sa chambre.

Cet endroit, où elle admettait peu de monde, avait l'air tout à la fois d'une chapelle et d'un bazar, tant il contenait d'objets religieux et de choses hétéroclites.

Une grande armoire gênait pour ouvrir la porte. En face de la fenêtre surplombant le jardin, un œil-de-bœuf regardait la cour ; une table, près du lit de sangle, supportait un pot à l'eau, deux peignes, et un cube de savon bleu dans une assiette ébréchée. On voyait contre les murs : des chapelets, des médailles, plusieurs bonnes Vierges, un bénitier en noix de coco ; sur la commode, couverte d'un drap comme un autel, la boîte en coquillages que lui avait donnée Victor ; puis un arrosoir et un ballon, des cahiers d'écriture, la géographie en estampes, une paire de bottines ; et au clou du miroir, accroché par ses rubans, le petit chapeau de peluche ! Félicité poussait même ce genre de respect si loin qu'elle conservait une des redingotes de Monsieur. Toutes les vieilleries dont ne voulait plus Mme Aubain, elle les prenait pour sa chambre. C'est ainsi qu'il y avait des fleurs artificielles au bord de la commode, et le portrait du comte d'Artois [32] dans l'enfoncement de la lucarne.

Au moyen d'une planchette, Loulou fut établi sur un corps de cheminée qui avançait dans l'appartement. Chaque matin, en s'éveillant, elle l'apercevait à la clarté de l'aube, et se rappelait alors les jours disparus, et d'insignifiantes actions jusqu'en leurs moindres détails, sans douleur, pleine de tranquillité.

Ne communiquant avec personne, elle vivait dans une torpeur de somnambule. Les processions de la Fête-Dieu la ranimaient. Elle allait quêter chez les voisines des flambeaux et des paillassons, afin d'embellir le reposoir que l'on dressait dans la rue.

A l'église, elle contemplait toujours le Saint-Esprit, et observa qu'il avait quelque chose du perroquet. Sa ressemblance lui parut encore plus manifeste sur une image d'Épinal, représentant le baptême de Notre-Seigneur. Avec ses ailes de pourpre et son corps d'émeraude, c'était vraiment le portrait de Loulou.

L'ayant acheté, elle le suspendit à la place du comte d'Artois, — de sorte que, du même coup d'œil, elle les voyait ensemble. Ils s'associèrent dans sa pensée, le perroquet se trouvant sanctifié par ce rapport avec le Saint-Esprit, qui devenait plus vivant à ses yeux et intelligible. Le Père, pour s'énoncer, n'avait pu choisir une colombe, puisque ces bêtes-là n'ont pas de voix, mais plutôt un des ancêtres de Loulou. Et Félicité priait en regardant l'image, mais de temps à autre se tournait un peu vers l'oiseau.

Elle eut envie de se mettre dans les demoiselles de la Vierge. Mme Aubain l'en dissuada.

Un événement considérable surgit : le mariage de Paul.

Après avoir été d'abord clerc de notaire, puis dans le commerce, dans la douane, dans les contributions, et même avoir commencé des démarches pour les eaux et forêts, à trente-six ans [33], tout à coup, par une inspiration du ciel, il avait découvert sa voie : l'enregistrement [34] ! et y montrait de si hautes facultés qu'un vérificateur lui avait offert sa fille, en lui promettant sa protection.

Paul, devenu sérieux, l'amena chez sa mère.

Elle dénigra les usages de Pont-l'Évêque, fit la princesse, blessa Félicité. Mme Aubain, à son départ, sentit un allégement.

La semaine suivante, on apprit la mort de M. Bourais, en basse Bretagne, dans une auberge. La rumeur d'un suicide se confirma ; des doutes s'élevèrent sur sa probité. Mme Aubain étudia ses comptes, et ne tarda pas à connaître la kyrielle de ses noirceurs : détournements d'arrérages, ventes de bois dissimulées, fausses quittances, etc. De plus, il avait un enfant naturel, et « des relations avec une personne de Dozulé ».

Ces turpitudes l'affligèrent beaucoup. Au mois de mars 1853[35], elle fut prise d'une douleur dans la poitrine ; sa langue paraissait couverte de fumée[36], les sangsues ne calmèrent pas l'oppression ; et le neuvième soir elle expira, ayant juste soixante-douze ans.

On la croyait moins vieille, à cause de ses cheveux bruns, dont les bandeaux entouraient sa figure blême, marquée de petite vérole. Peu d'amis la regrettèrent, ses façons étant d'une hauteur qui éloignait.

Félicité la pleura, comme on ne pleure pas les maîtres. Que Madame mourût avant elle, cela troublait ses idées, lui semblait contraire à l'ordre des choses, inadmissible et monstrueux.

Dix jours après (le temps d'accourir de Besançon), les héritiers survinrent. La bru fouilla les tiroirs, choisit des meubles, vendit les autres, puis ils regagnèrent l'enregistrement.

Le fauteuil de Madame, son guéridon, sa chaufferette, les huit chaises, étaient partis ! La place des gravures se dessinait en carrés jaunes au milieu des cloisons. Ils avaient emporté les deux couchettes, avec leurs matelas, et dans le placard on ne voyait plus rien de toutes les affaires de Virginie ! Félicité remonta les étages, ivre de tristesse.

Le lendemain il y avait sur la porte une affiche ; l'apothicaire lui cria dans l'oreille que la maison était à vendre.

Elle chancela, et fut obligée de s'asseoir.

Ce qui la désolait principalement, c'était d'abandonner sa chambre, — si commode pour le pauvre Loulou. En l'enveloppant d'un regard d'angoisse, elle implorait le Saint-Esprit, et contracta l'habitude idolâtre de dire ses oraisons agenouillée devant le perroquet. Quelquefois, le soleil entrant par la lucarne frappait son œil de verre, et en faisait jaillir un grand rayon lumineux qui la mettait en extase.

Elle avait une rente de trois cent quatre-vingts francs, léguée par sa maîtresse. Le jardin lui fournissait des légumes. Quant aux habits, elle possédait de quoi se vêtir jusqu'à la fin de ses jours, et épargnait l'éclairage en se couchant dès le crépuscule.

Elle ne sortait guère, afin d'éviter la boutique du brocanteur, où s'étalaient quelques-uns des anciens meubles. Depuis son étourdissement, elle traînait une jambe ; et, ses forces diminuant, la mère Simon, ruinée dans l'épicerie, venait tous les matins fendre son bois et pomper de l'eau.

Ses yeux s'affaiblirent. Les persiennes n'ouvraient plus. Bien des années se passèrent. Et la maison ne se louait pas, et ne se vendait pas.

Dans la crainte qu'on ne la renvoyât, Félicité ne demandait aucune réparation. Les lattes du toit pourrissaient ; pendant tout un hiver son traversin fut mouillé. Après Pâques, elle cracha du sang.

Alors la mère Simon eut recours à un docteur. Félicité voulut savoir ce qu'elle avait. Mais, trop sourde pour entendre, un seul mot lui parvint : « Pneumonie. » Il lui était connu, et elle répliqua doucement : — « Ah ! comme Madame », trouvant naturel de suivre sa maîtresse.

Le moment des reposoirs approchait.

Le premier était toujours au bas de la côte, le second devant la poste, le troisième vers le milieu de la rue. Il y eut des rivalités à propos de celui-là ; et les paroissiennes choisirent finalement la cour de Mme Aubain.

Les oppressions et la fièvre augmentaient. Félicité se chagrinait de ne rien faire pour le reposoir. Au moins, si elle avait pu y mettre quelque chose ! Alors elle songea au perroquet. Ce n'était pas convenable, objectèrent les voisines. Mais le curé accorda cette permission ; elle en fut tellement heureuse qu'elle le pria d'accepter, quand elle serait morte, Loulou, sa seule richesse.

Du mardi au samedi, veille de la Fête-Dieu, elle toussa plus fréquemment. Le soir son visage était grippé, ses lèvres se collaient à ses gencives, des vomissements parurent ; et le lendemain, au petit jour, se sentant très bas, elle fit appeler un prêtre.

Trois bonnes femmes l'entouraient pendant l'extrême-onction. Puis elle déclara qu'elle avait besoin de parler à Fabu.

Il arriva en toilette des dimanches, mal à son aise dans cette atmosphère lugubre.

— « Pardonnez-moi », dit-elle avec un effort pour étendre le bras, « je croyais que c'était vous qui l'aviez tué ! »

Que signifiaient des potins pareils ? L'avoir soupçonné d'un meurtre, un homme comme lui ! et il s'indignait, allait faire du tapage. — « Elle n'a plus sa tête, vous voyez bien ! »

Félicité de temps à autre parlait à des ombres. Les bonnes femmes s'éloignèrent. La Simonne déjeuna.

Un peu plus tard, elle prit Loulou, et, l'approchant de Félicité :

— « Allons ! dites-lui adieu ! »

Bien qu'il ne fût pas un cadavre, les vers le dévoraient ; une de ses ailes était cassée, l'étoupe lui sortait du ventre. Mais, aveugle à présent, elle le baisa au front, et le gardait contre sa joue. La Simonne le reprit, pour le mettre sur le reposoir.

V

Les herbages envoyaient l'odeur de l'été ; des mouches bourdonnaient ; le soleil faisait luire la rivière, chauffait les ardoises. La mère Simon, revenue dans la chambre, s'endormait doucement.

Des coups de cloche la réveillèrent ; on sortait des

vêpres. Le délire de Félicité tomba. En songeant à la procession, elle la voyait, comme si elle l'eût suivie.

Tous les enfants des écoles, les chantres et les pompiers marchaient sur les trottoirs, tandis qu'au milieu de la rue s'avançaient premièrement : le suisse armé de sa hallebarde, le bedeau avec une grande croix, l'instituteur surveillant les gamins, la religieuse inquiète de ses petites filles ; trois des plus mignonnes, frisées comme des anges, jetaient dans l'air des pétales de roses ; le diacre, les bras écartés, modérait la musique ; et deux encenseurs se retournaient à chaque pas vers le Saint-Sacrement, que portait, sous un dais de velours ponceau tenu par quatre fabriciens [37], M. le curé, dans sa belle chasuble. Un flot de monde se poussait derrière, entre les nappes blanches couvrant le mur des maisons ; et l'on arriva au bas de la côte.

Une sueur froide mouillait les tempes de Félicité. La Simonne l'épongeait avec un linge, en se disant qu'un jour il lui faudrait passer par là.

Le murmure de la foule grossit, fut un moment très fort, s'éloignait.

Une fusillade ébranla les carreaux. C'étaient les postillons saluant l'ostensoir. Félicité roula ses prunelles, et elle dit, le moins bas qu'elle put :

— « Est-il bien ? » tourmentée du perroquet.

Son agonie commença. Un râle, de plus en plus précipité, lui soulevait les côtes. Des bouillons d'écume venaient aux coins de sa bouche, et tout son corps tremblait.

Bientôt, on distingua le ronflement des ophicléides [38], les voix claires des enfants, la voix profonde des hommes. Tout se taisait par intervalles, et le battement des pas, que des fleurs amortissaient, faisait le bruit d'un troupeau sur du gazon.

Le clergé parut dans la cour. La Simonne grimpa sur une chaise pour atteindre à l'œil-de-bœuf, et de cette manière dominait le reposoir.

Des guirlandes vertes pendaient sur l'autel, orné d'un falbala en point d'Angleterre. Il y avait au milieu un petit cadre enfermant des reliques, deux orangers dans les angles, et, tout le long, des flambeaux d'argent et des vases en porcelaine, d'où s'élançaient des tournesols, des lis, des pivoines, des digitales, des touffes d'hortensias. Ce monceau de couleurs éclatantes descendait obliquement, du premier étage jusqu'au tapis se prolongeant sur les pavés ; et des choses rares tiraient les yeux. Un sucrier de vermeil avait une couronne de violettes, des pendeloques en pierres d'Alençon [39] brillaient sur de la mousse, deux écrans chinois montraient leurs paysages. Loulou, caché sous des roses, ne laissait voir que son front bleu, pareil à une plaque de lapis.

Les fabriciens, les chantres, les enfants se rangèrent sur les trois côtés de la cour. Le prêtre gravit lentement les marches, et posa sur la dentelle son grand soleil d'or qui rayonnait. Tous s'agenouillèrent. Il se fit un grand silence. Et les encensoirs, allant à pleine volée, glissaient sur leurs chaînettes.

Une vapeur d'azur monta [40] dans la chambre de Félicité. Elle avança les narines, en la humant avec une sensualité mystique ; puis ferma les paupières. Ses lèvres souriaient. Les mouvements de son cœur se ralentirent un à un, plus vagues chaque fois, plus doux, comme une fontaine s'épuise, comme un écho disparaît ; et, quand elle exhala son dernier souffle, elle crut voir, dans les cieux entrouverts, un perroquet gigantesque, planant au-dessus de sa tête.

LA LÉGENDE
DE
SAINT JULIEN L'HOSPITALIER

I

Le père et la mère de Julien[1] habitaient un château, au milieu des bois, sur la pente d'une colline.

Les quatre tours aux angles avaient des toits pointus recouverts d'écailles de plomb, et la base des murs s'appuyait sur les quartiers de rocs, qui dévalaient abruptement jusqu'au fond des douves.

Les pavés de la cour étaient nets comme le dallage d'une église. De longues gouttières, figurant des dragons la gueule en bas, crachaient l'eau des pluies vers la citerne ; et sur le bord des fenêtres, à tous les étages, dans un pot d'argile peinte, un basilic ou un héliotrope s'épanouissait[2].

Une seconde enceinte, faite de pieux, comprenait d'abord un verger d'arbres à fruits, ensuite un parterre où des combinaisons de fleurs dessinaient des chiffres, puis une treille avec des berceaux pour prendre le frais, et un jeu de mail qui servait au divertissement des pages. De l'autre côté se trouvaient le chenil, les écuries, la boulangerie, le pressoir et les granges. Un pâturage de gazon vert se développait tout autour, enclos lui-même d'une forte haie d'épines.

On vivait en paix depuis si longtemps que la herse ne s'abaissait plus ; les fossés étaient pleins d'herbes[3] ; des hirondelles faisaient leur nid dans la fente des créneaux; et l'archer, qui tout le long du jour se promenait sur la courtine, dès que le soleil brillait trop fort rentrait dans l'échauguette, et s'endormait comme un moine.

A l'intérieur, les ferrures partout reluisaient; des tapisseries dans les chambres protégeaient du froid; et les armoires regorgeaient de linge, les tonnes de vin s'empilaient dans les celliers, les coffres de chêne craquaient sous le poids des sacs d'argent.

On voyait dans la salle d'armes, entre des étendards et des mufles de bêtes fauves, des armes de tous les temps et de toutes les nations, depuis les frondes des Amalécites[4] et les javelots des Garamantes[5] jusqu'aux braquemarts des Sarrasins[6] et aux cottes de mailles des Normands[7].

La maîtresse broche de la cuisine pouvait faire tourner un bœuf; la chapelle était somptueuse comme l'oratoire d'un roi. Il y avait même, dans un endroit écarté, une étuve à la romaine; mais le bon seigneur s'en privait, estimant que c'est un usage des idolâtres.

Toujours enveloppé d'une pelisse de renard, il se promenait dans sa maison, rendait la justice à ses vassaux, apaisait les querelles de ses voisins. Pendant l'hiver, il regardait les flocons de neige tomber, ou se faisait lire des histoires. Dès les premiers beaux jours, il s'en allait sur sa mule le long des petits chemins, au bord des blés qui verdoyaient, et causait avec les manants, auxquels il donnait des conseils. Après beaucoup d'aventures, il avait pris pour femme une demoiselle de haut lignage.

Elle était très blanche, un peu fière et sérieuse. Les cornes de son hennin frôlaient le linteau des portes[8], la queue de sa robe de drap traînait de trois pas derrière elle. Son domestique était réglé comme l'intérieur d'un monastère; chaque matin elle distribuait la besogne à ses servantes, surveillait les confitures et les onguents, filait à la quenouille ou brodait des nappes d'autel. A force de prier Dieu, il lui vint un fils.

Alors il y eut de grandes réjouissances, et un repas qui dura trois jours et quatre nuits, dans l'illumination des flambeaux, au son des harpes, sur des jonchées de feuillages. On y mangea les plus rares épices, avec des poules grosses comme des moutons ; par divertissement, un nain sortit d'un pâté ; et, les écuelles ne suffisant plus, car la foule augmentait toujours, on fut obligé de boire dans les oliphants et dans les casques.

La nouvelle accouchée n'assista pas à ces fêtes. Elle se tenait dans son lit, tranquillement. Un soir, elle se réveilla, et elle aperçut, sous un rayon de la lune qui entrait par la fenêtre, comme une ombre mouvante. C'était un vieillard en froc de bure, avec un chapelet au côté, une besace sur l'épaule, toute l'apparence d'un ermite. Il s'approcha de son chevet et lui dit, sans desserrer les lèvres :

— « Réjouis-toi, ô mère ! ton fils sera un saint ! »

Elle allait crier ; mais, glissant sur le rai de la lune, il s'éleva dans l'air doucement, puis disparut. Les chants du banquet éclatèrent plus fort. Elle entendit les voix des anges ; et sa tête retomba sur l'oreiller, que dominait un os de martyr dans un cadre d'escarboucles[9].

Le lendemain, tous les serviteurs interrogés déclarèrent qu'ils n'avaient pas vu d'ermite. Songe ou réalité, cela devait être une communication du ciel ; mais elle eut soin de n'en rien dire, ayant peur qu'on ne l'accusât d'orgueil.

Les convives s'en allèrent au petit jour ; et le père de Julien se trouvait en dehors de la poterne, où il venait de reconduire le dernier, quand tout à coup un mendiant se dressa devant lui, dans le brouillard. C'était un Bohême à barbe tressée, avec des anneaux d'argent aux deux bras et les prunelles flamboyantes. Il bégaya d'un air inspiré ces mots sans suite :

— « Ah ! ah ! ton fils !... beaucoup de sang !... beaucoup de gloire !... toujours heureux ! la famille d'un empereur. »

Et, se baissant pour ramasser son aumône, il se perdit dans l'herbe, s'évanouit.

Le bon châtelain regarda de droite et de gauche,

appela tant qu'il put. Personne ! Le vent sifflait, les brumes du matin s'envolaient.

Il attribua cette vision à la fatigue de sa tête pour avoir trop peu dormi. « Si j'en parle, on se moquera de moi », se dit-il. Cependant les splendeurs destinées à son fils l'éblouissaient, bien que la promesse n'en fût pas claire et qu'il doutât même de l'avoir entendue.

Les époux se cachèrent leur secret. Mais tous deux chérissaient l'enfant d'un pareil amour ; et, le respectant comme marqué de Dieu, ils eurent pour sa personne des égards infinis. Sa couchette était rembourrée du plus fin duvet ; une lampe en forme de colombe brûlait dessus, continuellement ; trois nourrices le berçaient ; et, bien serré dans ses langes, la mine rose et les yeux bleus, avec son manteau de brocart et son béguin chargé de perles, il ressemblait à un petit Jésus. Les dents lui poussèrent sans qu'il pleurât une seule fois.

Quand il eut sept ans, sa mère lui apprit à chanter. Pour le rendre courageux, son père le hissa sur un gros cheval. L'enfant souriait d'aise, et ne tarda pas à savoir tout ce qui concerne les destriers.

Un vieux moine très savant lui enseigna l'Écriture sainte, la numération des Arabes, les lettres latines, et à faire sur le vélin des peintures mignonnes. Ils travaillaient ensemble, tout en haut d'une tourelle, à l'écart du bruit.

La leçon terminée, ils descendaient dans le jardin, où, se promenant pas à pas, ils étudiaient les fleurs.

Quelquefois on apercevait, cheminant au fond de la vallée, une file de bêtes de somme, conduites par un piéton, accoutré à l'orientale. Le châtelain, qui l'avait reconnu pour un marchand, expédiait vers lui un valet. L'étranger, prenant confiance, se détournait de sa route ; et, introduit dans le parloir, il retirait de ses coffres des pièces de velours et de soie, des orfèvreries, des aromates, des choses singulières d'un usage inconnu ; à la fin le bonhomme s'en allait, avec un gros profit sans avoir enduré aucune violence. D'autres fois, une troupe de pèlerins frappait à la porte. Leurs habits mouillés fumaient devant l'âtre ; et, quand ils étaient repus, ils racontaient leurs voyages : les erreurs[10] des nefs sur la mer écumeuse, les marches à pied dans les sables brûlants, la férocité des païens, les cavernes de la Syrie, la Crèche et le Sépulcre. Puis ils donnaient au jeune seigneur des coquilles[11] de leur manteau.

Souvent le châtelain festoyait ses vieux compagnons d'armes. Tout en buvant, ils se rappelaient leurs guerres, les assauts des forteresses avec le battement des machines et les prodigieuses blessures. Julien, qui les écoutait, en poussait des cris ; alors son père ne doutait pas qu'il ne fût plus tard un conquérant. Mais le soir, au sortir de l'angélus, quand il passait entre les pauvres inclinés, il puisait dans son escarcelle avec tant de modestie et d'un air si noble que sa mère comptait bien le voir par la suite archevêque.

Sa place dans la chapelle était aux côtés de ses parents ; et, si longs que fussent les offices, il restait à genoux sur son prie-Dieu, la toque par terre et les mains jointes.

Un jour, pendant la messe, il aperçut, en relevant la tête, une petite souris blanche qui sortait d'un trou, dans la muraille. Elle trottina sur la première marche de l'autel, et, après deux ou trois tours de droite et de gauche, s'enfuit du même côté. Le dimanche suivant, l'idée qu'il pourrait la revoir le troubla. Elle revint ; et chaque dimanche il l'attendait, en était importuné, fut pris de haine contre elle, et résolut de s'en défaire.

Ayant donc fermé la porte, et semé sur les marches les miettes d'un gâteau, il se posta devant le trou, une baguette à la main.

Au bout de très longtemps un museau rose parut, puis la souris tout entière. Il frappa un coup léger, et demeura stupéfait devant ce petit corps qui ne bougeait plus. Une goutte de sang tachait la dalle. Il l'essuya bien vite avec sa manche, jeta la souris dehors, et n'en dit rien à personne.

Toutes sortes d'oisillons picoraient les graines du jardin. Il imagina de mettre des pois dans un roseau creux. Quand il entendait gazouiller dans un arbre, il en approchait avec douceur, puis levait son tube, enflait ses joues, et les bestioles lui pleuvaient sur les épaules si abondamment qu'il ne pouvait s'empêcher de rire, heureux de sa malice.

Un matin, comme il s'en retournait par la courtine, il vit sur la crête du rempart un gros pigeon qui se rengorgeait au soleil. Julien s'arrêta pour le regarder ; le mur en cet endroit ayant une brèche, un éclat de pierre se rencontra [12] sous ses doigts. Il tourna son bras, et la pierre abattit l'oiseau qui tomba d'un bloc dans le fossé.

Il se précipita vers le fond, se déchirant aux broussailles, furetant partout, plus leste qu'un jeune chien.

Le pigeon, les ailes cassées, palpitait, suspendu dans les branches d'un troène.

La persistance de sa vie irrita l'enfant. Il se mit à l'étrangler ; et les convulsions de l'oiseau faisaient battre son cœur, l'emplissaient d'une volupté sauvage et tumultueuse. Au dernier raidissement, il se sentit défaillir.

Le soir, pendant le souper, son père déclara que l'on devait à son âge apprendre la vénerie ; et il alla chercher un vieux cahier d'écriture contenant, par demandes et réponses, tout le déduit [13] des chasses. Un maître y démontrait à son élève l'art de dresser les chiens et d'affaîter [14] les faucons, de tendre les pièges, comment reconnaître le cerf à ses fumées [15], le renard à ses empreintes, le loup à ses déchaussures [16], le bon moyen de discerner leurs voies, de quelle manière on les lance [17], où se trouvent ordinairement leurs refuges, quels sont les vents les plus propices, avec l'énumération des cris et les règles de la curée.

Quand Julien put réciter par cœur toutes ces choses, son père lui composa une meute.

D'abord on y distinguait vingt-quatre lévriers barbaresques, plus véloces que des gazelles, mais sujets à s'emporter ; puis dix-sept couples de chiens bretons, tiquetés de blanc sur fond rouge, inébranlables dans leur créance [18], forts de poitrine et grands hurleurs. Pour l'attaque du sanglier et les refuites périlleuses, il y avait quarante griffons, poilus comme des ours. Des mâtins de Tartarie, presque aussi hauts que des ânes, couleur de feu, l'échine large et le jarret droit, étaient destinés à poursuivre les aurochs. La robe noire des épagneuls luisait comme du satin ; le jappement des talbots [19] valait celui des bigles [20] chanteurs. Dans une cour à part, grondaient, en secouant leur chaîne et roulant leurs prunelles, huit dogues alains, bêtes formidables qui sautent au ventre des cavaliers et n'ont pas peur des lions.

Tous mangeaient du pain de froment, buvaient dans des auges de pierre, et portaient un nom sonore [21].

La fauconnerie, peut-être, dépassait la meute ; le bon seigneur, à force d'argent, s'était procuré des tiercelets du Caucase, des sacres de Babylone, des gerfauts d'Allemagne, et des faucons-pèlerins [22], capturés sur les falaises, au bord des mers froides, en de lointains pays. Ils logeaient dans un hangar couvert de chaume, et, attachés par rang de taille sur le perchoir, avaient devant eux une motte de gazon, où de temps à autre on les posait afin de les dégourdir.

Des bourses, des hameçons, des chausse-trapes, toute sorte d'engins, furent confectionnés.

Souvent on menait dans la campagne des chiens d'oysel [23], qui tombaient bien vite en arrêt. Alors des piqueurs, s'avançant pas à pas, étendaient avec précaution sur leurs corps impassibles un immense filet. Un commandement les faisait aboyer ; des cailles s'envolaient ; et les dames des alentours conviées avec leurs maris, les enfants, les camérières, tout le monde se jetait dessus, et les prenait facilement.

D'autres fois, pour débûcher les lièvres, on battait du tambour ; des renards tombaient dans des fosses, ou bien un ressort, se débandant, attrapait un loup par le pied.

Mais Julien méprisa ces commodes artifices ; il préférait chasser loin du monde, avec son cheval et son faucon. C'était presque toujours un grand tartaret [24] de Scythie, blanc comme la neige. Son capuchon de cuir était surmonté d'un panache, des grelots d'or tremblaient à ses pieds bleus : et il se tenait ferme sur le bras de son maître pendant que le cheval galopait, et que les plaines se déroulaient. Julien, dénouant ses longes[25], le lâchait tout à coup ; la bête hardie montait droit dans l'air comme une flèche ; et l'on voyait deux taches inégales tourner, se joindre, puis disparaître dans les hauteurs de l'azur. Le faucon ne tardait pas à descendre en déchirant quelque oiseau, et revenait se poser sur le gantelet, les deux ailes frémissantes.

Julien vola de cette manière le héron, le milan, la corneille et le vautour.

Il aimait, en sonnant de la trompe, à suivre ses chiens qui couraient sur le versant des collines, sautaient les ruisseaux, remontaient vers le bois ; et, quand le cerf commençait à gémir sous les morsures, il l'abattait prestement, puis se délectait à la furie des mâtins qui le dévoraient, coupé en pièces sur sa peau fumante[26].

Les jours de brume, il s'enfonçait dans un marais pour guetter les oies, les loutres et les halbrans[27].

Trois écuyers, dès l'aube, l'attendaient au bas du perron ; et le vieux moine, se penchant à sa lucarne, avait beau faire des signes pour le rappeler, Julien ne se retournait pas. Il allait à l'ardeur du soleil, sous la pluie, par la tempête, buvait l'eau des sources dans sa main, mangeait en trottant des pommes sauvages, s'il était fatigué se reposait sous un chêne ; et il rentrait au milieu de la nuit, couvert de sang et de boue, avec des épines dans les cheveux et sentant l'odeur des bêtes farouches. Il devint comme elles. Quand sa mère l'embrassait, il acceptait froidement son étreinte, paraissant rêver à des choses profondes.

Il tua des ours à coups de couteau, des taureaux avec la hache, des sangliers avec l'épieu ; et même une fois, n'ayant plus qu'un bâton, se défendit contre des loups qui rongeaient des cadavres au pied d'un gibet.

Un matin d'hiver, il partit avant le jour, bien équipé, une arbalète sur l'épaule et un trousseau de flèches à l'arçon de la selle.

Son genet danois, suivi de deux bassets, en marchant d'un pas égal, faisait résonner la terre. Des gouttes de verglas[28] se collaient à son manteau, une bise violente soufflait. Un côté de l'horizon s'éclaircit; et, dans la blancheur du crépuscule, il aperçut des lapins sautillant au bord de leurs terriers. Les deux bassets, tout de suite, se précipitèrent sur eux; et, çà et là, vivement, leur brisaient l'échine.

Bientôt, il entra dans un bois. Au bout d'une branche, un coq de bruyère engourdi par le froid dormait la tête sous l'aile. Julien, d'un revers d'épée, lui faucha les deux pattes, et sans le ramasser continua sa route.

Trois heures après, il se trouva sur la pointe d'une montagne tellement haute que le ciel semblait presque noir. Devant lui, un rocher pareil à un long mur s'abaissait, en surplombant un précipice; et, à l'extrémité, deux boucs sauvages regardaient l'abîme. Comme il n'avait pas ses flèches (car son cheval était resté en arrière), il imagina de descendre jusqu'à eux; à demi courbé, pieds nus, il arriva enfin au premier des boucs, et lui enfonça un poignard sous les côtes. Le second, pris de terreur, sauta dans le vide. Julien s'élança pour le frapper, et, glissant du pied droit, tomba sur le cadavre de l'autre, la face au-dessus de l'abîme et les deux bras écartés.

Redescendu dans la plaine, il suivit des saules qui bordaient une rivière. Des grues, volant très bas, de temps à autre passaient au-dessus de sa tête. Julien les assommait avec son fouet, et n'en manqua pas une.

Cependant l'air plus tiède avait fondu le givre, de larges vapeurs flottaient, et le soleil se montra. Il vit reluire tout au loin un lac figé, qui ressemblait à du plomb. Au milieu du lac, il y avait une bête que Julien ne connaissait pas, un castor à museau noir. Malgré la distance, une flèche l'abattit; et il fut chagrin de ne pouvoir emporter la peau.

Puis il s'avança dans une avenue de grands arbres, formant avec leurs cimes comme un arc de triomphe, à l'entrée d'une forêt. Un chevreuil bondit hors d'un fourré, un daim parut dans un carrefour, un blaireau sortit d'un trou, un paon sur le gazon déploya sa queue ; — et quand il les eut tous occis, d'autres chevreuils se présentèrent, d'autres daims, d'autres blaireaux, d'autres paons, et des merles, des geais, des putois, des renards, des hérissons, des lynx, une infinité de bêtes, à chaque pas plus nombreuses. Elles tournaient autour de lui, tremblantes, avec un regard plein de douceur et de supplication. Mais Julien ne se fatiguait pas de tuer, tour à tour bandant son arbalète, dégainant l'épée, pointant du coutelas, et ne pensait à rien, n'avait souvenir de quoi que ce fût. Il était en chasse dans un pays quelconque, depuis un temps indéterminé, par le fait seul de sa propre existence, tout s'accomplissant avec la facilité que l'on éprouve dans les rêves[29]. Un spectacle extraordinaire l'arrêta. Des cerfs emplissaient un vallon ayant la forme d'un cirque ; et tassés, les uns près des autres, ils se réchauffaient avec leurs haleines que l'on voyait fumer dans le brouillard.

L'espoir d'un pareil carnage, pendant quelques minutes, le suffoqua de plaisir. Puis il descendit de cheval, retroussa ses manches, et se mit à tirer.

Au sifflement de la première flèche, tous les cerfs à la fois tournèrent la tête. Il se fit des enfonçures dans leur masse ; des voix plaintives s'élevaient, et un grand mouvement agita le troupeau.

Le rebord du vallon était trop haut pour le franchir[30]. Ils bondissaient dans l'enceinte, cherchant à s'échapper. Julien visait, tirait ; et les flèches tombaient comme les rayons d'une pluie d'orage. Les cerfs rendus furieux se battirent, se cabraient, montaient les uns par-dessus les autres ; et leurs corps avec leurs ramures emmêlées faisaient un large monticule, qui s'écroulait, en se déplaçant.

Enfin ils moururent, couchés sur le sable, la bave aux naseaux, les entrailles sorties, et l'ondulation de leurs ventres s'abaissant par degrés. Puis tout fut immobile.

La nuit allait venir ; et derrière le bois, dans les

intervalles des branches, le ciel était rouge comme une nappe de sang.

Julien s'adossa contre un arbre. Il contemplait d'un œil béant l'énormité du massacre, ne comprenant pas comment il avait pu le faire.

De l'autre côté du vallon, sur le bord de la forêt, il aperçut un cerf, une biche et son faon.

Le cerf, qui était noir et monstrueux de taille, portait seize andouillers avec une barbe blanche[31]. La biche, blonde comme les feuilles mortes, broutait le gazon ; et le faon tacheté, sans l'interrompre dans sa marche, lui tétait la mamelle.

L'arbalète encore une fois ronfla. Le faon, tout de suite, fut tué. Alors sa mère, en regardant le ciel, brama d'une voix profonde, déchirante, humaine. Julien exaspéré, d'un coup en plein poitrail, l'étendit par terre.

Le grand cerf l'avait vu, fit un bond. Julien lui envoya sa dernière flèche. Elle l'atteignit au front, et y resta plantée[32].

Le grand cerf n'eut pas l'air de la sentir ; en enjambant par-dessus les morts, il avançait toujours, allait fondre sur lui, l'éventrer ; et Julien reculait dans une épouvante indicible. Le prodigieux animal s'arrêta ; et les yeux flamboyants, solennel comme un patriarche et comme un justicier, pendant qu'une cloche au loin tintait, il répéta trois fois :

— « Maudit ! maudit ! maudit ! Un jour, cœur féroce, tu assassineras ton père et ta mère ! »

Il plia les genoux, ferma doucement ses paupières, et mourut.

Julien fut stupéfait, puis accablé d'une fatigue soudaine ; et un dégoût, une tristesse immense l'envahit. Le front dans les deux mains, il pleura pendant longtemps.

Son cheval était perdu ; ses chiens l'avaient abandonné ; la solitude qui l'enveloppait lui sembla toute menaçante de périls indéfinis. Alors, poussé par un effroi, il prit sa course à travers la campagne, choisit au hasard un sentier, et se trouva presque immédiatement à la porte du château.

La nuit, il ne dormit pas. Sous le vacillement de la lampe suspendue, il revoyait toujours le grand cerf noir. Sa prédiction l'obsédait; il se débattait contre elle. « Non ! non ! non ! je ne peux pas les tuer ! » puis il songeait : « Si je le voulais, pourtant ?... » et il avait peur que le Diable ne lui en inspirât l'envie.

Durant trois mois, sa mère en angoisse pria au chevet de son lit, et son père, en gémissant, marchait continuellement dans les couloirs. Il manda les maîtres mires[33] les plus fameux, lesquels ordonnèrent des quantités de drogues. Le mal de Julien, disaient-ils, avait pour cause un vent funeste, ou un désir d'amour. Mais le jeune homme, à toutes les questions, secouait la tête.

Les forces lui revinrent; et on le promenait dans la cour, le vieux moine et le bon seigneur le soutenant chacun par un bras.

Quand il fut rétabli complètement, il s'obstina à ne point chasser.

Son père, le voulant réjouir, lui fit cadeau d'une grande épée sarrasine.

Elle était au haut d'un pilier, dans une panoplie. Pour l'atteindre, il fallut une échelle. Julien y monta. L'épée trop lourde lui échappa des doigts, et en tombant frôla le bon seigneur de si près que sa houppelande en fut coupée; Julien crut avoir tué son père, et s'évanouit.

Dès lors, il redouta les armes. L'aspect d'un fer nu le faisait pâlir. Cette faiblesse était une désolation pour sa famille.

Enfin le vieux moine, au nom de Dieu, de l'honneur et des ancêtres, lui commanda de reprendre ses exercices de gentilhomme.

Les écuyers, tous les jours, s'amusaient au maniement de la javeline. Julien y excella bien vite. Il envoyait la sienne dans le goulot des bouteilles, cassait les dents des girouettes, frappait à cent pas les clous des portes.

Un soir d'été, à l'heure où la brume rend les choses indistinctes, étant sous la treille du jardin, il aperçut tout au fond deux ailes blanches qui voletaient à la hauteur de l'espalier. Il ne douta pas que ce ne fût une cigogne ; et il lança son javelot.

Un cri déchirant partit.

C'était sa mère, dont le bonnet à longues barbes restait cloué contre le mur.

Julien s'enfuit du château, et ne reparut plus.

II

Il s'engagea dans une troupe d'aventuriers qui passaient.

Il connut la faim, la soif, les fièvres et la vermine. Il s'accoutuma au fracas des mêlées, à l'aspect des moribonds. Le vent tanna sa peau. Ses membres se durcirent par le contact des armures ; et comme il était très fort, courageux, tempérant, avisé, il obtint sans peine le commandement d'une compagnie.

Au début des batailles, il enlevait ses soldats d'un grand geste de son épée. Avec une corde à nœuds, il grimpait aux murs des citadelles, la nuit, balancé par l'ouragan, pendant que les flammèches du feu grégeois se collaient à sa cuirasse, et que la résine bouillante et le plomb fondu ruisselaient des créneaux. Souvent le heurt d'une pierre fracassa son bouclier. Des ponts trop chargés d'hommes croulèrent sous lui. En tournant sa masse d'armes, il se débarrassa de quatorze cavaliers. Il défit, en champ clos, tous ceux qui se proposèrent. Plus de vingt fois on le crut mort.

Grâce à la faveur divine, il en réchappa toujours ; car il protégeait les gens d'Église, les orphelins, les veuves, et principalement les vieillards. Quand il en voyait un marchant devant lui, il criait pour connaître sa figure, comme s'il avait eu peur de le tuer par méprise.

Des esclaves en fuite, des manants révoltés, des

bâtards sans fortune, toutes sortes d'intrépides affluèrent sous son drapeau, et il se composa une armée.

Elle grossit. Il devint fameux. On le recherchait.

Tour à tour, il secourut le dauphin de France et le roi d'Angleterre, les templiers de Jérusalem, le suréna[34] des Parthes, le négus d'Abyssinie, et l'empereur de Calicut. Il combattit des Scandinaves recouverts d'écailles de poisson, des Nègres munis de rondaches en cuir d'hippopotame et, montés sur des ânes rouges, des Indiens couleur d'or et brandissant par-dessus leurs diadèmes de larges sabres, plus clairs que des miroirs. Il vainquit les Troglodytes et les Anthropophages. Il traversa des régions si torrides que sous l'ardeur du soleil les chevelures s'allumaient d'elles-mêmes, comme des flambeaux; et d'autres qui étaient si glaciales que les bras, se détachant du corps, tombaient par terre; et des pays où il y avait tant de brouillards que l'on marchait environné de fantômes.

Des républiques en embarras le consultèrent. Aux entrevues d'ambassadeurs, il obtenait des conditions inespérées. Si un monarque se conduisait trop mal, il arrivait tout à coup, et lui faisait des remontrances. Il affranchit des peuples. Il délivra des reines enfermées dans des tours. C'est lui, et pas un autre, qui assomma la guivre de Milan et le dragon d'Oberbirbach[35].

Or l'empereur d'Occitanie, ayant triomphé des Musulmans espagnols, s'était joint par concubinage à la sœur du calife de Cordoue; et il en conservait une fille, qu'il avait élevée chrétiennement. Mais le calife, faisant mine de vouloir se convertir, vint lui rendre visite, accompagné d'une escorte nombreuse, massacra toute sa garnison, et le plongea dans un cul de basse-fosse, où il le traitait durement, afin d'en extirper[36] des trésors.

Julien accourut à son aide, détruisit l'armée des infidèles, assiégea la ville, tua le calife, coupa sa tête, et la jeta comme une boule par-dessus les remparts. Puis il tira l'empereur de sa prison, et le fit remonter sur son trône, en présence de toute sa cour.

L'empereur, pour prix d'un tel service, lui présenta

dans des corbeilles beaucoup d'argent; Julien n'en voulut pas. Croyant qu'il en désirait davantage, il lui offrit les trois quarts de ses richesses; nouveau refus; puis de partager son royaume; Julien le remercia; et l'empereur en pleurait de dépit, ne sachant de quelle manière témoigner sa reconnaissance, quand il se frappa le front, dit un mot à l'oreille d'un courtisan; les rideaux d'une tapisserie se relevèrent, et une jeune fille parut.

Ses grands yeux noirs brillaient comme deux lampes très douces. Un sourire charmant écartait ses lèvres. Les anneaux de sa chevelure s'accrochaient aux pierreries de sa robe entr'ouverte; et, sous la transparence de sa tunique, on devinait la jeunesse de son corps. Elle était toute mignonne et potelée, avec la taille fine.

Julien fut ébloui d'amour, d'autant plus qu'il avait mené jusqu'alors une vie très chaste.

Donc il reçut en mariage la fille de l'empereur, avec un château qu'elle tenait de sa mère; et, les noces étant terminées, on se quitta, après des politesses infinies de part et d'autre.

C'était un palais de marbre blanc, bâti à la moresque, sur un promontoire, dans un bois d'orangers. Des terrasses de fleurs descendaient jusqu'au bord d'un golfe, où des coquilles roses craquaient sous les pas. Derrière le château, s'étendait une forêt ayant le dessin d'un éventail. Le ciel continuellement était bleu, et les arbres se penchaient tour à tour sous la brise de la mer et le vent des montagnes, qui fermaient au loin l'horizon.

Les chambres, pleines de crépuscule, se trouvaient éclairées par les incrustations des murailles. De hautes colonnettes, minces comme des roseaux, supportaient la voûte des coupoles, décorées de reliefs imitant les stalactites des grottes.

Il y avait des jets d'eau dans les salles, des mosaïques dans les cours, des cloisons festonnées, mille délicatesses d'architecture, et partout un tel silence que l'on entendait le frôlement d'une écharpe ou l'écho d'un soupir.

Julien ne faisait plus la guerre. Il se reposait, entouré d'un peuple tranquille ; et chaque jour, une foule passait devant lui, avec des génuflexions et des baise-mains à l'orientale.

Vêtu de pourpre, il restait accoudé dans l'embrasure d'une fenêtre, en se rappelant ses chasses d'autrefois ; et il aurait voulu courir sur le désert après les gazelles et les autruches, être caché dans les bambous à l'affût des léopards, traverser des forêts pleines de rhinocéros, atteindre au sommet des monts les plus inaccessibles pour viser mieux les aigles, et sur les glaçons de la mer combattre les ours blancs.

Quelquefois, dans un rêve, il se voyait comme notre père Adam au milieu du Paradis, entre toutes les bêtes ; en allongeant le bras, il les faisait mourir ; ou bien, elles défilaient, deux à deux, par rang de taille, depuis les éléphants et les lions jusqu'aux hermines et aux canards, comme le jour qu'elles entrèrent dans l'arche de Noé. A l'ombre d'une caverne, il dardait sur elles des javelots infaillibles ; il en survenait d'autres ; cela n'en finissait pas ; et il se réveillait en roulant des yeux farouches.

Des princes de ses amis l'invitèrent à chasser. Il s'y refusa toujours, croyant, par cette sorte de pénitence, détourner son malheur ; car il lui semblait que du meurtre des animaux dépendait le sort de ses parents. Mais il souffrait de ne pas les voir, et son autre envie devenait insupportable.

Sa femme, pour le récréer, fit venir des jongleurs et des danseuses.

Elle se promenait avec lui, en litière ouverte, dans la campagne ; d'autres fois, étendus sur le bord d'une chaloupe, ils regardaient les poissons vagabonder dans l'eau, claire comme le ciel. Souvent elle lui jetait des fleurs au visage ; accroupie devant ses pieds, elle tirait des airs d'une mandoline à trois cordes ; puis, lui posant sur l'épaule ses deux mains jointes, disait d'une voix timide : — « Qu'avez-vous donc, cher seigneur ? »

Il ne répondait pas, ou éclatait en sanglots ; enfin, un jour, il avoua son horrible pensée.

Elle la combattit, en raisonnant très bien : son père et sa mère, probablement, étaient morts ; si jamais il les revoyait, par quel hasard, dans quel but, arriverait-il à cette abomination ? Donc, sa crainte n'avait pas de cause, et il devait se remettre à chasser.

Julien souriait en l'écoutant, mais ne se décidait pas à satisfaire son désir.

Un soir du mois d'août qu'ils étaient dans leur chambre, elle venait de se coucher et il s'agenouillait pour sa prière quand il entendit le jappement d'un renard, puis des pas légers sous la fenêtre ; et il entrevit dans l'ombre comme des apparences d'animaux. La tentation était trop forte. Il décrocha son carquois.

Elle parut surprise.

— « C'est pour t'obéir ! » dit-il, « au lever du soleil, je serai revenu. »

Cependant elle redoutait une aventure funeste.

Il la rassura, puis sortit, étonné de l'inconséquence de son humeur.

Peu de temps après, un page vint annoncer que deux inconnus, à défaut du seigneur absent, réclamaient tout de suite la seigneuresse.

Et bientôt entrèrent dans la chambre un vieil homme et une vieille femme, courbés, poudreux, en habits de toile, et s'appuyant chacun sur un bâton.

Ils s'enhardirent et déclarèrent qu'ils apportaient à Julien des nouvelles de ses parents.

Elle se pencha pour les entendre.

Mais, s'étant concertés du regard, ils lui demandèrent s'il les aimait toujours, s'il parlait d'eux quelquefois.

— « Oh ! oui ! » dit-elle.

Alors, ils s'écrièrent :

— « Eh bien ! c'est nous ! » et ils s'assirent, étant fort las et recrus de fatigue.

Rien n'assurait à la jeune femme que son époux fût leur fils.

Ils en donnèrent la preuve, en décrivant des signes particuliers qu'il avait sur la peau.

Elle sauta hors sa couche, appela son page, et on leur servit un repas.

Bien qu'ils eussent grand faim, ils ne pouvaient guère manger ; et elle observait à l'écart le tremblement de leurs mains osseuses, en prenant les gobelets.

Ils firent mille questions sur Julien. Elle répondait à chacune, mais eut soin de taire l'idée funèbre qui les concernait.

Ne le voyant pas revenir, ils étaient partis de leur château ; et ils marchaient depuis plusieurs années, sur de vagues indications, sans perdre l'espoir. Il avait fallu tant d'argent au péage des fleuves et dans les hôtelleries, pour les droits des princes et les exigences des voleurs, que le fond de leur bourse était vide, et qu'ils mendiaient maintenant. Qu'importe, puisque bientôt ils embrasseraient leur fils ? Ils exaltaient son bonheur d'avoir une femme aussi gentille, et ne se lassaient point de la contempler et de la baiser.

La richesse de l'appartement les étonnait beaucoup ; et le vieux, ayant examiné les murs, demanda pourquoi s'y trouvait le blason de l'empereur d'Occitanie.

Elle répliqua :

— « C'est mon père ! »

Alors il tressaillit, se rappelant la prédiction du Bohême ; et la vieille songeait à la parole de l'Ermite. Sans doute la gloire de son fils n'était que l'aurore des splendeurs éternelles ; et tous les deux restaient béants, sous la lumière du candélabre qui éclairait la table.

Ils avaient dû être très beaux dans leur jeunesse. La mère avait encore tous ses cheveux, dont les bandeaux fins, pareils à des plaques de neige, pendaient jusqu'au bas de ses joues ; et le père, avec sa taille haute et sa grande barbe, ressemblait à une statue d'église.

La femme de Julien les engagea à ne pas l'attendre. Elle les coucha elle-même dans son lit, puis ferma la croisée ; ils s'endormirent. Le jour allait paraître, et, derrière le vitrail, les petits oiseaux commençaient à chanter.

Julien avait traversé le parc ; et il marchait dans la forêt d'un pas nerveux, jouissant de la mollesse du gazon et de la douceur de l'air.

Les ombres des arbres s'étendaient sur la mousse. Quelquefois la lune faisait des taches blanches dans les clairières, et il hésitait à s'avancer, croyant apercevoir une flaque d'eau, ou bien la surface des mares tranquilles se confondait avec la couleur de l'herbe. C'était partout un grand silence ; et il ne découvrait aucune des bêtes qui, peu de minutes auparavant, erraient à l'entour de son château.

Le bois s'épaissit, l'obscurité devint profonde. Des bouffées de vent chaud passaient, pleines de senteurs amollissantes [37]. Il enfonçait dans des tas de feuilles mortes, et il s'appuya contre un chêne pour haleter un peu.

Tout à coup, derrière son dos, bondit une masse plus noire, un sanglier. Julien n'eut pas le temps de saisir son arc, et il s'en affligea comme d'un malheur.

Puis, étant sorti du bois, il aperçut un loup qui filait le long d'une haie.

Julien lui envoya une flèche. Le loup s'arrêta, tourna la tête pour le voir et reprit sa course. Il trottait en gardant toujours la même distance, s'arrêtait de temps à autre, et, sitôt qu'il était visé, recommençait à fuir.

Julien parcourut de cette manière une plaine interminable, puis des monticules de sable, et enfin il se trouva sur un plateau dominant un grand espace de pays. Des pierres plates étaient clairsemées entre des caveaux en ruine. On trébuchait sur des ossements de morts ; de place en place, des croix vermoulues se penchaient d'un air lamentable. Mais des formes remuèrent dans l'ombre indécise des tombeaux ; et il en surgit des hyènes, tout effarées, pantelantes. En faisant claquer leurs ongles sur les dalles [38], elles vinrent à lui et le flairaient avec un bâillement qui découvrait leurs gencives. Il dégaina son sabre. Elles partirent à la fois dans toutes les directions, et, continuant leur galop boiteux et précipité, se perdirent au loin sous un flot de poussière.

Une heure après, il rencontra dans un ravin un taureau furieux, les cornes en avant, et qui grattait le sable avec son pied. Julien lui pointa sa lance sous les fanons. Elle éclata, comme si l'animal eût été de bronze ; il ferma les yeux, attendant sa mort. Quand il les rouvrit, le taureau avait disparu.

Alors son âme s'affaissa de honte. Un pouvoir supérieur détruisait sa force ; et, pour s'en retourner chez lui, il rentra dans la forêt.

Elle était embarrassée de lianes ; et il les coupait avec son sabre quand une fouine glissa brusquement entre ses jambes, une panthère fit un bond par-dessus son épaule, un serpent monta en spirale autour d'un frêne.

Il y avait dans son feuillage un choucas monstrueux, qui regardait Julien ; et, çà et là, parurent entre les branches quantité de larges étincelles, comme si le firmament eût fait pleuvoir dans la forêt toutes ses étoiles. C'étaient des yeux d'animaux, des chats sauvages, des écureuils, des hiboux, des perroquets, des singes.

Julien darda contre eux ses flèches ; les flèches, avec leurs plumes, se posaient sur les feuilles comme des papillons blancs. Il leur jeta des pierres ; les pierres, sans rien toucher, retombaient. Il se maudit, aurait voulu se battre, hurla des imprécations, étouffait de rage.

Et tous les animaux qu'il avait poursuivis se représentèrent, faisant autour de lui un cercle étroit. Les uns étaient assis sur leur croupe, les autres dressés de toute leur taille. Il restait au milieu, glacé de terreur, incapable du moindre mouvement. Par un effort suprême de sa volonté, il fit un pas ; ceux qui perchaient sur les arbres ouvrirent leurs ailes, ceux qui foulaient le sol déplacèrent leurs membres ; et tous l'accompagnaient.

Les hyènes marchaient devant lui, le loup et le sanglier par-derrière. Le taureau, à sa droite, balançait la tête ; et, à sa gauche, le serpent ondulait dans les herbes, tandis que la panthère, bombant son dos, avançait à pas de velours et à grandes enjambées. Il allait le plus lentement possible pour ne pas les irriter ; et il voyait sortir de la profondeur des buissons des porcs-épics, des renards, des vipères, des chacals et des ours.

Julien se mit à courir ; ils coururent. Le serpent sifflait, les bêtes puantes bavaient. Le sanglier lui frottait les talons avec ses défenses, le loup, l'intérieur des mains avec les poils de son museau. Les singes le pinçaient en grimaçant, la fouine se roulait sur ses pieds. Un ours, d'un revers de patte, lui enleva son chapeau ; et la panthère, dédaigneusement, laissa tomber une flèche qu'elle portait à sa gueule.

Une ironie perçait dans leurs allures sournoises. Tout en l'observant du coin de leurs prunelles, ils semblaient méditer un plan de vengeance ; et, assourdi par le bourdonnement des insectes, battu par des queues d'oiseau, suffoqué par des haleines, il marchait les bras tendus et les paupières closes comme un aveugle, sans même avoir la force de crier « grâce ! »

Le chant d'un coq vibra dans l'air. D'autres y répondirent ; c'était le jour ; et il reconnut, au-delà des orangers, le faîte de son palais.

Puis, au bord d'un champ, il vit, à trois pas d'intervalle, des perdrix rouges qui voletaient dans les chaumes. Il dégrafa son manteau, et l'abattit sur elles comme un filet. Quand il les eut découvertes, il n'en trouva qu'une seule, et morte depuis longtemps, pourrie.

Cette déception l'exaspéra plus que toutes les autres. Sa soif de carnage le reprenait ; les bêtes manquant, il aurait voulu massacrer des hommes.

Il gravit les trois terrasses, enfonça la porte d'un coup de poing ; mais, au bas de l'escalier, le souvenir de sa chère femme détendit son cœur. Elle dormait sans doute, et il allait la surprendre.

Ayant retiré ses sandales, il tourna doucement la serrure, et entra.

Les vitraux garnis de plomb obscurcissaient la pâleur de l'aube. Julien se prit les pieds dans des vêtements, par terre ; un peu plus loin, il heurta une crédence encore chargée de vaisselle. « Sans doute, elle aura mangé », se dit-il ; et il avançait vers le lit, perdu dans les ténèbres au fond de la chambre. Quand il fut au bord, afin d'embrasser sa femme, il se pencha sur l'oreiller où les deux têtes reposaient l'une près de l'autre. Alors, il sentit contre sa bouche l'impression d'une barbe.

Il se recula, croyant devenir fou ; mais il revint près du lit, et ses doigts, en palpant, rencontrèrent des cheveux qui étaient très longs. Pour se convaincre de son erreur, il repassa lentement sa main sur l'oreiller. C'était bien une barbe, cette fois, et un homme ! un homme couché avec sa femme !

Éclatant d'une colère démesurée, il bondit sur eux à coups de poignard ; et il trépignait, écumait, avec des hurlements de bête fauve. Puis il s'arrêta. Les morts, percés au cœur, n'avaient pas même bougé. Il écoutait attentivement leurs deux râles presque égaux, et, à mesure qu'ils s'affaiblissaient, un autre, tout au loin, les continuait. Incertaine d'abord, cette voix plaintive, longuement poussée, se rapprochait, s'enfla, devint cruelle ; et il reconnut, terrifié, le bramement du grand cerf noir.

Et comme il se retournait, il crut voir, dans l'encadrure de la porte, le fantôme de sa femme, une lumière à la main.

Le tapage du meurtre l'avait attirée. D'un large coup d'œil, elle comprit tout, et, s'enfuyant d'horreur, laissa tomber son flambeau.

Il le ramassa.

Son père et sa mère étaient devant lui, étendus sur le dos avec un trou dans la poitrine ; et leurs visages, d'une majestueuse douceur, avaient l'air de garder comme un secret éternel. Des éclaboussures et des flaques de sang s'étalaient au milieu de leur peau blanche, sur les draps du lit, par terre, le long d'un christ d'ivoire suspendu dans l'alcôve. Le reflet écarlate du vitrail, alors frappé par le soleil, éclairait ces taches rouges, et en jetait de plus nombreuses dans tout l'appartement. Julien marcha vers les deux morts en se disant, en voulant croire, que cela n'était pas possible, qu'il s'était trompé, qu'il y a parfois des ressemblances inexplicables. Enfin, il se baissa légèrement pour voir de tout près le vieillard ; et il aperçut, entre ses paupières mal fermées, une prunelle éteinte qui le brûla comme du feu. Puis il se porta de l'autre côté de la couche, occupé par l'autre corps, dont les cheveux blancs masquaient une partie de la figure. Julien lui passa les doigts sous ses bandeaux, leva sa tête ; — et il la regardait, en la tenant au bout de son bras roidi, pendant que de l'autre main il s'éclairait avec le flambeau. Des gouttes, suintant du matelas, tombaient une à une sur le plancher.

A la fin du jour, il se présenta devant sa femme ; et, d'une voix différente de la sienne, il lui commanda premièrement de ne pas lui répondre, de ne pas l'approcher, de ne plus même le regarder, et qu'elle eût à suivre, sous peine de damnation, tous ses ordres qui étaient irrévocables.

Les funérailles seraient faites selon les instructions qu'il avait laissées par écrit, sur un prie-Dieu, dans la chambre des morts. Il lui abandonnait son palais, ses vassaux, tous ses biens, sans même retenir les vêtements de son corps, et ses sandales[39], que l'on trouverait au haut de l'escalier.

Elle avait obéi à la volonté de Dieu, en occasionnant son crime, et devait prier pour son âme, puisque désormais il n'existait plus.

On enterra les morts avec magnificence, dans l'église d'un monastère à trois journées du château. Un moine en cagoule rabattue suivit le cortège, loin de tous les autres, sans que personne osât lui parler.

Il resta, pendant la messe, à plat ventre au milieu du portail, les bras en croix, et le front dans la poussière.

Après l'ensevelissement, on le vit prendre le chemin qui menait aux montagnes. Il se retourna plusieurs fois, et finit par disparaître.

III

Il s'en alla, mendiant sa vie par le monde.

Il tendait sa main aux cavaliers sur les routes, avec des génuflexions s'approchait des moissonneurs, ou restait immobile devant la barrière des cours ; et son visage était si triste que jamais on ne lui refusait l'aumône.

Par esprit d'humilité, il racontait son histoire ; alors tous s'enfuyaient, en faisant des signes de croix. Dans les villages où il avait déjà passé, sitôt qu'il était reconnu, on fermait les portes, on lui criait des menaces, on lui jetait des pierres. Les plus charitables posaient une écuelle sur le bord de leur fenêtre, puis fermaient l'auvent pour ne pas l'apercevoir.

Repoussé de partout, il évita les hommes ; et il se nourrit de racines, de plantes, de fruits perdus, et de coquillages qu'il cherchait le long des grèves.

Quelquefois, au tournant d'une côte, il voyait sous ses yeux une confusion de toits pressés, avec des flèches de pierre, des ponts, des tours, des rues noires s'entrecroisant, et d'où montait jusqu'à lui un bourdonnement continuel.

Le besoin de se mêler à l'existence des autres le faisait descendre dans la ville. Mais l'air bestial des figures, le tapage des métiers, l'indifférence des propos glaçaient son cœur. Les jours de fête, quand le bourdon des cathédrales mettait en joie dès l'aurore le peuple entier, il regardait les habitants sortir de leurs maisons, puis les danses sur les places, les fontaines de cervoise[40] dans les carrefours, les tentures de damas devant le logis des princes, et le soir venu, par le vitrage des rez-de-chaussée, les longues tables de famille où des aïeux tenaient des petits enfants sur leurs genoux ; des sanglots l'étouffaient, et il s'en retournait vers la campagne.

Il contemplait avec des élancements d'amour les poulains dans les herbages, les oiseaux dans leurs nids, les insectes sur les fleurs ; tous, à son approche, couraient plus loin, se cachaient effarés, s'envolaient bien vite.

Il rechercha les solitudes. Mais le vent apportait à son oreille comme des râles d'agonie ; les larmes de la rosée tombant par terre lui rappelaient d'autres gouttes d'un poids plus lourd. Le soleil, tous les soirs, étalait du sang dans les nuages ; et chaque nuit, en rêve, son parricide recommençait.

Il se fit un cilice avec des pointes de fer. Il monta sur les deux genoux toutes les collines ayant une chapelle à leur sommet. Mais l'impitoyable pensée obscurcissait la splendeur des tabernacles, le torturait à travers les macérations de la pénitence.

Il ne se révoltait pas contre Dieu qui lui avait infligé cette action, et pourtant se désespérait de l'avoir pu commettre.

Sa propre personne lui faisait tellement horreur qu'espérant s'en délivrer il l'aventura dans des périls. Il sauva des paralytiques des incendies, des enfants du fond des gouffres. L'abîme le rejetait, les flammes l'épargnaient.

Le temps n'apaisa pas sa souffrance. Elle devenait intolérable. Il résolut de mourir.

Et un jour qu'il se trouvait au bord d'une fontaine, comme il se penchait dessus pour juger de la profondeur de l'eau, il vit paraître en face de lui un vieillard tout décharné, à barbe blanche et d'un aspect si lamentable qu'il lui fut impossible de retenir ses pleurs. L'autre, aussi, pleurait. Sans reconnaître son image, Julien se rappelait confusément une figure ressemblant à celle-là. Il poussa un cri ; c'était son père ; et il ne pensa plus à se tuer[41].

Ainsi, portant le poids de son souvenir, il parcourut beaucoup de pays ; et il arriva près d'un fleuve dont la traversée était dangereuse, à cause de sa violence et parce qu'il y avait sur les rives une grande étendue de vase. Personne depuis longtemps n'osait plus le passer.

Une vieille barque, enfouie à l'arrière, dressait sa proue dans les roseaux. Julien en l'examinant découvrit une paire d'avirons ; et l'idée lui vint d'employer son existence au service des autres.

Il commença par établir sur la berge une manière de chaussée qui permettait de descendre jusqu'au chenal ; et il se brisait les ongles à remuer les pierres énormes, les appuyait contre son ventre pour les transporter, glissait dans la vase, y enfonçait, manqua périr plusieurs fois.

Ensuite, il répara le bateau avec des épaves de navires, et il se fit une cahute avec de la terre glaise et des troncs d'arbres.

Le passage étant connu, les voyageurs se présentèrent. Ils l'appelaient de l'autre bord, en agitant des drapeaux ; Julien bien vite sautait dans sa barque. Elle était très lourde ; et on la surchargeait par toutes sortes de bagages et de fardeaux, sans compter les bêtes de somme, qui, ruant de peur, augmentaient l'encombrement. Il ne demandait rien pour sa peine ; quelques-uns lui donnaient des restes de victuailles qu'ils tiraient de leur bissac ou les habits trop usés dont ils ne voulaient plus. Des brutaux vociféraient des blasphèmes. Julien les reprenait avec douceur ; et ils ripostaient par des injures. Il se contentait de les bénir.

Une petite table, un escabeau, un lit de feuilles mortes et trois coupes d'argile, voilà tout ce qu'était son mobilier[42]. Deux trous dans la muraille servaient de fenêtres. D'un côté, s'étendaient à perte de vue des plaines stériles ayant sur leur surface de pâles étangs, çà et là ; et le grand fleuve, devant lui, roulait ses flots verdâtres. Au printemps, la terre humide avait une odeur de pourriture. Puis un vent désordonné soulevait la poussière en tourbillons. Elle entrait partout, embourbait l'eau, craquait sous les gencives. Un peu plus tard, c'étaient des nuages de moustiques, dont la susurration et les piqûres ne s'arrêtaient ni jour ni nuit. Ensuite, survenaient d'atroces gelées qui donnaient aux choses la rigidité de la pierre, et inspiraient un besoin fou de manger de la viande.

Des mois s'écoulaient sans que Julien vît personne. Souvent il fermait les yeux, tâchant, par la mémoire, de revenir dans sa jeunesse ; — et la cour d'un château apparaissait, avec des lévriers sur un perron, des valets dans la salle d'armes, et, sous un berceau de pampres, un adolescent à cheveux blonds entre un vieillard couvert de fourrures et une dame à grand hennin ; tout à coup, les deux cadavres étaient là. Il se jetait à plat ventre sur son lit, et répétait en pleurant :

— « Ah ! pauvre père ! pauvre mère ! pauvre mère ! » Et tombait dans un assoupissement où les visions funèbres continuaient.

Une nuit qu'il dormait, il crut entendre quelqu'un l'appeler. Il tendit l'oreille et ne distingua que le mugissement des flots.

Mais la même voix reprit :

— « Julien ! »

Elle venait de l'autre bord, ce qui lui parut extraordinaire, vu la largeur du fleuve.

Une troisième fois on appela :

— « Julien ! »

Et cette voix haute avait l'intonation d'une cloche d'église[43].

Ayant allumé sa lanterne, il sortit de la cahute. Un ouragan furieux emplissait la nuit. Les ténèbres étaient profondes, et çà et là déchirées par la blancheur des vagues qui bondissaient.

Après une minute d'hésitation, Julien dénoua l'amarre. L'eau, tout de suite, devint tranquille, la barque glissa dessus et toucha l'autre berge, où un homme attendait.

Il était enveloppé d'une toile en lambeaux, la figure pareille à un masque de plâtre et les deux yeux plus rouges que des charbons[44]. En approchant de lui la lanterne, Julien s'aperçut qu'une lèpre hideuse le recouvrait ; cependant, il avait dans son attitude comme une majesté de roi.

Dès qu'il entra dans la barque, elle enfonça prodigieusement, écrasée par son poids ; une secousse la remonta ; et Julien se mit à ramer.

A chaque coup d'aviron, le ressac des flots la soulevait par l'avant. L'eau, plus noire que de l'encre, courait avec furie des deux côtés du bordage. Elle creusait des abîmes, elle faisait des montagnes, et la chaloupe sautait dessus, puis redescendait dans des profondeurs où elle tournoyait, ballottée par le vent.

Julien penchait son corps, dépliait les bras, et, s'arcboutant des pieds, se renversait avec une torsion de la taille, pour avoir plus de force. La grêle cinglait ses mains, la pluie coulait dans son dos, la violence de l'air l'étouffait, il s'arrêta. Alors le bateau fut emporté à la dérive. Mais, comprenant qu'il s'agissait d'une chose considérable, d'un ordre auquel il ne fallait pas désobéir, il reprit ses avirons ; et le claquement des tolets coupait la clameur de la tempête.

La petite lanterne brûlait devant lui. Des oiseaux, en voletant, la cachaient par intervalles. Mais toujours il apercevait les prunelles du lépreux qui se tenait debout à l'arrière, immobile comme une colonne.

Et cela dura longtemps, très longtemps !

Quand ils furent arrivés dans la cahute, Julien ferma la porte ; et il le vit siégeant sur l'escabeau. L'espèce de linceul qui le recouvrait était tombé jusqu'à ses hanches ; et ses épaules, sa poitrine, ses bras maigres disparaissaient sous des plaques de pustules écailleuses. Des rides énormes labouraient son front. Tel qu'un squelette, il avait un trou à la place du nez ; et ses lèvres bleuâtres dégageaient une haleine épaisse comme un brouillard et nauséabonde[45].

— « J'ai faim ! » dit-il.

Julien lui donna ce qu'il possédait, un vieux quartier de lard et les croûtes d'un pain noir.

Quand il les eut dévorés, la table, l'écuelle et le manche du couteau portaient les mêmes taches que l'on voyait sur son corps.

Ensuite, il dit : — « J'ai soif ! ».

Julien alla chercher sa cruche ; et, comme il la

prenait, il en sortit un arôme qui dilata son cœur et ses narines. C'était du vin ; quelle trouvaille ! mais le lépreux avança le bras et d'un trait vida toute la cruche.

Puis il dit : — « J'ai froid ! »

Julien, avec sa chandelle, enflamma un paquet de fougères, au milieu de la cabane.

Le lépreux vint s'y chauffer ; et, accroupi sur les talons, il tremblait de tous ses membres, s'affaiblissait ; ses yeux ne brillaient plus, ses ulcères coulaient, et, d'une voix presque éteinte, il murmura : — « Ton lit ! »

Julien l'aida doucement à s'y traîner, et même étendit sur lui, pour le couvrir, la toile de son bateau.

Le lépreux gémissait. Les coins de sa bouche découvraient ses dents, un râle accéléré lui secouait la poitrine, et son ventre, à chacune de ses aspirations, se creusait jusqu'aux vertèbres.

Puis il ferma les paupières.

— « C'est comme de la glace dans mes os ! Viens près de moi ! »

Et Julien, écartant la toile, se coucha sur les feuilles mortes, près de lui, côte à côte.

Le lépreux tourna la tête.

— « Déshabille-toi, pour que j'aie la chaleur de ton corps ! »

Julien ôta ses vêtements ; puis, nu comme au jour de sa naissance, se replaça dans le lit ; et il sentait contre sa cuisse la peau du lépreux, plus froide qu'un serpent et rude comme une lime.

Il tâchait de l'encourager ; et l'autre répondait, en haletant :

— « Ah ! je vais mourir !... Rapproche-toi, réchauffe-moi ! Pas avec les mains ! non ! toute ta personne. »

Julien s'étala dessus complètement, bouche contre bouche, poitrine sur poitrine.

Alors le lépreux l'étreignit ; et ses yeux tout à coup prirent une clarté d'étoiles ; ses cheveux s'allongèrent comme les rais du soleil ; le souffle de ses narines avait la douceur des roses ; un nuage d'encens[46] s'éleva du foyer, les flots chantaient. Cependant une abondance de délices, une joie surhumaine descendait comme une inondation dans l'âme de Julien pâmé ; et celui dont les bras le serraient toujours grandissait, grandissait, touchant de sa tête et de ses pieds les deux murs de la cabane. Le toit s'envola, le firmament se déployait ; — et Julien monta vers les espaces bleus, face à face avec Notre-Seigneur Jésus, qui l'emportait dans le ciel.

Et voilà l'histoire de saint Julien l'Hospitalier, telle à peu près qu'on la trouve, sur un vitrail d'église, dans mon pays [47].

HÉRODIAS

I

La citadelle de Machærous[1] se dressait à l'orient de la mer Morte, sur un pic de basalte ayant la forme d'un cône. Quatre vallées profondes l'entouraient, deux vers les flancs, une en face, la quatrième au-delà. Des maisons se tassaient contre sa base, dans le cercle d'un mur qui ondulait suivant les inégalités du terrain ; et, par un chemin en zigzag tailladant le rocher, la ville se reliait à la forteresse, dont les murailles étaient hautes de cent vingt coudées[2], avec des angles nombreux, des créneaux sur le bord, et, çà et là, des tours qui faisaient comme des fleurons à cette couronne de pierres, suspendue au-dessus de l'abîme.

Il y avait dans l'intérieur un palais orné de portiques, et couvert d'une terrasse que fermait une balustrade en bois de sycomore, où des mâts étaient disposés pour tendre un vélarium.

Un matin, avant le jour, le Tétrarque Hérode-Antipas[3] vint s'y accouder, et regarda.

Les montagnes, immédiatement sous lui, commençaient à découvrir leurs crêtes, pendant que leur masse, jusqu'au fond des abîmes, était encore dans l'ombre. Un brouillard flottait, il se déchira, et les contours de la mer Morte apparurent. L'aube, qui se levait derrière Machærous, épandait une rougeur. Elle illumina bientôt les sables de la grève, les collines, le désert, et, plus loin, tous les monts de la Judée, inclinant leurs surfaces raboteuses et grises. Engaddi[4], au milieu, traçait une barre noire; Hébron[5], dans l'enfoncement, s'arrondissait en dôme; Esquol[6] avait des grenadiers, Sorek[7] des vignes, Karmel[8] des champs de sésame; et la tour Antonia[9], de son cube monstrueux, dominait Jérusalem. Le Tétrarque en détourna la vue pour contempler, à droite, les palmiers de Jéricho[10]; et il songea aux autres villes de sa Galilée[11] : Capharnaüm, Endor, Nazareth[12], Tibérias[13] où peut-être il ne reviendrait plus. Cependant le Jourdain coulait sur la plaine aride. Toute blanche, elle éblouissait comme une nappe de neige. Le lac, maintenant, semblait en lapis-lazuli; et à sa pointe méridionale, du côté de l'Yémen[14], Antipas reconnut ce qu'il craignait d'apercevoir. Des tentes brunes étaient dispersées; des hommes avec des lances circulaient entre les chevaux, et des feux s'éteignant brillaient comme des étincelles à ras du sol.

C'étaient les troupes du roi des Arabes[15], dont il avait répudié la fille pour prendre Hérodias[16], mariée à l'un de ses frères, qui vivait en Italie, sans prétentions au pouvoir.

Antipas attendait les secours des Romains; et Vitellius[17], gouverneur de la Syrie[18], tardant à paraître, il se rongeait d'inquiétudes.

Agrippa[19], sans doute, l'avait ruiné chez l'Empereur? Philippe[20], son troisième frère, souverain de la Batanée, s'armait clandestinement. Les Juifs ne voulaient plus de ses mœurs idolâtres, tous les autres de sa domination; si bien qu'il hésitait entre deux projets : adoucir les Arabes ou conclure une alliance avec les Parthes[21]; et, sous le prétexte de fêter son anniversaire, il avait convié, pour ce jour même, à un grand festin, les chefs de ses troupes, les régisseurs de ses campagnes et les principaux de la Galilée.

Il fouilla d'un regard aigu toutes les routes. Elles

étaient vides. Des aigles volaient au-dessus de sa tête ; les soldats, le long du rempart, dormaient contre les murs ; rien ne bougeait dans le château.

Tout à coup, une voix lointaine, comme échappée des profondeurs de la terre, fit pâlir le Tétrarque. Il se pencha pour écouter ; elle avait disparu. Elle reprit ; et en claquant dans ses mains, il cria :

— « Mannaëi ! Mannaëi ! »

Un homme se présenta, nu jusqu'à la ceinture, comme les masseurs des bains. Il était très grand, vieux, décharné, et portait sur la cuisse un coutelas dans une gaine de bronze. Sa chevelure, relevée par un peigne, exagérait la longueur de son front. Une somnolence décolorait ses yeux, mais ses dents brillaient, et ses orteils posaient légèrement sur les dalles, tout son corps ayant la souplesse d'un singe, et sa figure l'impassibilité d'une momie.

— « Où est-il ? » demanda le Tétrarque.

Mannaëi répondit, en indiquant avec son pouce un objet derrière eux :

— « Là ! toujours ! »

— « J'avais cru l'entendre ! »

Et Antipas, quand il eut respiré largement, s'informa de Iaokanann, le même que les Latins appellent saint Jean-Baptiste[22]. Avait-on revu ces deux hommes, admis par indulgence, l'autre mois, dans son cachot, et savait-on, depuis lors, ce qu'ils étaient venus faire ?

Mannaëi répliqua :

— « Ils ont échangé avec lui des paroles mystérieuses, comme les voleurs, le soir, aux carrefours des routes. Ensuite ils sont partis vers la Haute-Galilée, en annonçant qu'ils apporteraient une grande nouvelle[23]. »

Antipas baissa la tête, puis d'un air d'épouvante :

— « Garde-le ! garde-le ! Et ne laisse entrer personne ! Ferme bien la porte ! Couvre la fosse ! On ne doit pas même soupçonner qu'il vit ! »

Sans avoir reçu ces ordres, Mannaëi les accomplissait ; car Iaokanann était Juif, et il exécrait les Juifs comme tous les Samaritains[24].

Leur temple de Garizim[25], désigné par Moïse pour être le centre d'Israël, n'existait plus depuis le roi Hyrcan[26], et celui de Jérusalem les mettait dans la fureur d'un outrage, et d'une injustice permanente. Mannaëi s'y était introduit, afin d'en souiller l'autel avec des os de morts. Ses compagnons, moins rapides, avaient été décapités.

Il l'aperçut dans l'écartement de deux collines. Le soleil faisait resplendir ses murailles de marbre blanc et les lames d'or de sa toiture. C'était comme une montagne lumineuse, quelque chose de surhumain, écrasant tout de son opulence et de son orgueil.

Alors il étendit les bras du côté de Sion[27], et, la taille droite, le visage en arrière, les poings fermés, lui jeta un anathème, croyant que les mots avaient un pouvoir effectif.

Antipas écoutait, sans paraître scandalisé.

Le Samaritain dit encore :

— « Par moments il s'agite, il voudrait fuir, il espère une délivrance. D'autres fois, il a l'air tranquille d'une bête malade ; ou bien je le vois qui marche dans les ténèbres, en répétant : « Qu'importe ? Pour qu'il grandisse, il faut que je diminue[28] ! »

Antipas et Mannaëi se regardèrent. Mais le Tétrarque était las de réfléchir.

Tous ces monts autour de lui, comme des étages de grands flots pétrifiés, les gouffres noirs sur le flanc des falaises, l'immensité du ciel bleu, l'éclat violent du jour, la profondeur des abîmes le troublaient ; et une désolation l'envahissait au spectacle du désert, qui figure, dans le bouleversement de ses terrains, des amphithéâtres et des palais abattus. Le vent chaud apportait, avec l'odeur du soufre, comme l'exhalaison des villes maudites[29], ensevelies plus bas que le rivage sous les eaux pesantes. Ces marques d'une colère immortelle effrayaient sa pensée ; et il restait les deux coudes sur la balustrade, les yeux fixes et les tempes dans les mains. Quelqu'un l'avait touché. Il se retourna. Hérodias[30] était devant lui.

Une simarre de pourpre légère l'enveloppait jusqu'aux sandales. Sortie précipitamment de sa chambre, elle n'avait ni collier, ni pendants d'oreilles ; une tresse de ses cheveux noirs lui tombait sur un bras, et s'enfonçait, par le bout, dans l'intervalle de ses deux seins. Ses narines, trop remontées, palpitaient ; la joie d'un triomphe éclairait sa figure ; et, d'une voix forte, secouant le Tétrarque :

— « César nous aime ! Agrippa est en prison ! »

— « Qui te l'a dit ? »

— « Je le sais ! »

Elle ajouta :

— « C'est pour avoir souhaité l'empire à Caïus[31] ! »

Tout en vivant de leurs aumônes, il avait brigué le titre de roi, qu'ils ambitionnaient comme lui. Mais dans l'avenir plus de craintes ! — « Les cachots de Tibère s'ouvrent difficilement, et quelquefois l'existence n'y est pas sûre ! »

Antipas la comprit ; et, bien qu'elle fût la sœur d'Agrippa, son intention atroce lui sembla justifiée. Ces meurtres étaient une conséquence des choses, une fatalité des maisons royales. Dans celle d'Hérode, on ne les comptait plus.

Puis elle étala son entreprise : les clients achetés, les lettres découvertes, des espions à toutes les portes, et comment elle était parvenue à séduire Eutychès[32] le dénonciateur. — « Rien ne me coûtait ! Pour toi, n'ai-je pas fait plus ?... J'ai abandonné ma fille ! »

Après son divorce, elle avait laissé dans Rome cette enfant, espérant bien en avoir d'autres du Tétrarque. Jamais elle n'en parlait. Il se demanda pourquoi son accès de tendresse.

On avait déplié le vélarium et apporté vivement de larges coussins auprès d'eux. Hérodias s'y affaissa, et pleurait, en tournant le dos. Puis elle se passa la main sur les paupières, dit qu'elle n'y voulait plus songer, qu'elle se trouvait heureuse ; et elle lui rappela leurs causeries là-bas[33], dans l'atrium, les rencontres aux étuves, leurs promenades le long de la voie Sacrée, et les soirs, dans les grandes villas, au murmure des jets d'eau, sous des arcs de fleurs, devant la campagne romaine. Elle le regardait comme autrefois, en se frôlant contre sa poitrine, avec des gestes câlins. — Il la repoussa. L'amour qu'elle tâchait de ranimer était si loin, maintenant ! Et tous ses malheurs en découlaient ; car, depuis douze ans bientôt, la guerre continuait. Elle avait vieilli le Tétrarque[34]. Ses épaules se voûtaient dans une toge sombre, à bordure violette ; ses cheveux blancs se mêlaient à sa barbe, et le soleil, qui traversait le voile baignait de lumière son front chagrin. Celui d'Hérodias également avait des plis ; et, l'un en face de l'autre, ils se considéraient d'une manière farouche.

Les chemins dans la montagne commencèrent à se peupler. Des pasteurs piquaient des bœufs, des enfants tiraient des ânes, des palefreniers conduisaient des chevaux. Ceux qui descendaient les hauteurs au-delà de Machærous disparaissaient derrière le château ; d'autres montaient le ravin en face, et, parvenus à la ville, déchargeaient leurs bagages dans les cours. C'étaient les pourvoyeurs du Tétrarque, et des valets, précédant ses convives.

Mais au fond de la terrasse, à gauche, un Essénien[35] parut, en robe blanche, nu-pieds, l'air stoïque. Mannaëi, du côté droit, se précipitait en levant son coutelas.

Hérodias lui cria : — « Tue-le ! »

— « Arrête ! » dit le Tétrarque.

Il devint immobile ; l'autre aussi.

Puis ils se retirèrent, chacun par un escalier différent, à reculons, sans se perdre des yeux.

— « Je le connais ! » dit Hérodias, « il se nomme Phanuel, et cherche à voir Iaokanann, puisque tu as l'aveuglement de le conserver ! »

Antipas objecta qu'il pouvait un jour servir. Ses attaques contre Jérusalem gagnaient à eux le reste des Juifs.

— « Non ! » reprit-elle, « ils acceptent tous les

maîtres, et ne sont pas capables de faire une patrie ! » Quant à celui qui remuait le peuple avec des espérances conservées depuis Néhémias [36], la meilleure politique était de le supprimer.

Rien ne pressait, selon le Tétrarque. Iaokanann dangereux ! Allons donc ! Il affectait d'en rire.

— « Tais-toi ! » Et elle redit son humiliation, un jour qu'elle allait vers Galaad [37], pour la récolte du baume. « Des gens, au bord du fleuve, remettaient leurs habits. Sur un monticule, à côté, un homme parlait. Il avait une peau de chameau autour des reins, et sa tête ressemblait à celle d'un lion. Dès qu'il m'aperçut, il cracha sur moi toutes les malédictions des prophètes. Ses prunelles flamboyaient ; sa voix rugissait ; il levait les bras, comme pour arracher le tonnerre. Impossible de fuir ! les roues de mon char avaient du sable jusqu'aux essieux ; et je m'éloignais lentement, m'abritant sous mon manteau, glacée par ces injures qui tombaient comme une pluie d'orage. »

Iaokanann l'empêchait de vivre. Quand on l'avait pris et lié avec des cordes, les soldats devaient le poignarder s'il résistait ; il s'était montré doux. On avait mis des serpents dans sa prison ; ils étaient morts.

L'inanité de ces embûches exaspérait Hérodias. D'ailleurs, pourquoi sa guerre contre elle ? Quel intérêt le poussait ? Ses discours, criés à des foules, s'étaient répandus, circulaient ; elle les entendait partout, ils emplissaient l'air. Contre des légions elle aurait eu de la bravoure. Mais cette force plus pernicieuse que les glaives, et qu'on ne pouvait saisir, était stupéfiante ; et elle parcourait la terrasse, blêmie par sa colère, manquant de mots pour exprimer ce qui l'étouffait.

Elle songeait aussi que le Tétrarque, cédant à l'opinion, s'aviserait peut-être de la répudier. Alors tout serait perdu ! Depuis son enfance, elle nourrissait le rêve d'un grand empire. C'était pour y atteindre que, délaissant son premier époux, elle s'était jointe à celui-là, qui l'avait dupée, pensait-elle.

— « J'ai pris un bon soutien, en entrant dans ta famille ! »

— « Elle vaut la tienne ! » dit simplement le Tétrarque.

Hérodias sentit bouillonner dans ses veines le sang des prêtres et des rois ses aïeux[38].

— « Mais ton grand-père balayait le temple d'Ascalon[39] ! Les autres étaient bergers, bandits, conducteurs de caravanes, une horde, tributaire de Juda[40] depuis le roi David[41] ! Tous mes ancêtres ont battu les tiens ! Le premier des Makkabi[42] vous a chassés d'Hébron[43], Hyrcan[44] forcés à vous circoncire ! » Et, exhalant le mépris de la patricienne pour le plébéien, la haine de Jacob[45] contre Édom[46], elle lui reprocha son indifférence aux outrages, sa mollesse envers les Pharisiens[47] qui le trahissaient, sa lâcheté pour le peuple qui la détestait. « Tu es comme lui, avoue-le ! et tu regrettes la fille arabe qui danse autour des pierres. Reprends-la ! Va-t'en vivre avec elle, dans sa maison de toile ! dévore son pain cuit sous la cendre ! avale le lait caillé de ses brebis ! baise ses joues bleues ! et oublie-moi ! »

Le Tétrarque n'écoutait plus. Il regardait la plate-forme d'une maison, où il y avait une jeune fille, et une vieille femme tenant un parasol à manche de roseau, long comme la ligne d'un pêcheur. Au milieu du tapis, un grand panier de voyage restait ouvert. Des ceintures, des voiles, des pendeloques d'orfèvrerie en débordaient confusément. La jeune fille, par intervalles, se penchait vers ces choses, et les secouait à l'air. Elle était vêtue, comme les Romaines, d'une tunique calamistrée[48] avec un péplum à glands d'émeraude ; et des lanières bleues enfermaient sa chevelure, trop lourde, sans doute, car, de temps à autre, elle y portait la main. L'ombre du parasol se promenait au-dessus d'elle, en la cachant à demi. Antipas aperçut deux ou trois fois son col délicat, l'angle d'un œil, le coin d'une petite bouche. Mais il voyait, des hanches à la nuque, toute sa taille qui s'inclinait pour se redresser d'une manière élastique. Il épiait le retour de ce mouvement, et sa respiration devenait plus forte ; des flammes s'allumaient dans ses yeux. Hérodias l'observait.

Il demanda : — « Qui est-ce ? »

Elle répondit n'en rien savoir, et s'en alla soudainement apaisée.

Le Tétrarque était attendu sous les portiques par des Galiléens, le maître des écritures, le chef des pâturages, l'administrateur des salines et un Juif de Babylone, commandant ses cavaliers. Tous le saluèrent d'une acclamation. Puis il disparut vers les chambres intérieures.

Phanuel surgit à l'angle d'un couloir.

— « Ah ! encore ? Tu viens pour Iaokanann, sans doute ?

— « Et pour toi ! j'ai à t'apprendre une chose considérable. »

Et, sans quitter Antipas, il pénétra, derrière lui, dans un appartement obscur.

Le jour tombait par un grillage, se développant tout du long sous la corniche. Les murailles étaient peintes d'une couleur grenat, presque noir. Dans le fond s'étalait un lit d'ébène, avec des sangles en peau de bœuf. Un bouclier d'or, au-dessus, luisait comme un soleil.

Antipas traversa toute la salle, se coucha sur le lit.

Phanuel était debout. Il leva son bras, et dans une attitude inspirée :

— « Le Très-Haut envoie par moments un de ses fils. Iaokanann en est un. Si tu l'opprimes, tu seras châtié.

— « C'est lui qui me persécute ! » s'écria Antipas. « Il a voulu de moi une action impossible [49]. Depuis ce temps-là il me déchire. Et je n'étais pas dur, au commencement ! Il a même dépêché de Machærous des hommes qui bouleversent mes provinces. Malheur à sa vie ! Puisqu'il m'attaque, je me défends !

— « Ses colères ont trop de violence », répliqua Phanuel. « N'importe ! Il faut le délivrer. »

— « On ne relâche pas les bêtes furieuses ! » dit le Tétrarque.

L'Essénien répondit :

— « Ne t'inquiète plus ! Il ira chez les Arabes, les

Gaulois, les Scythes[50]. Son œuvre doit s'étendre jusqu'au bout de la terre ! »

Antipas semblait perdu dans une vision.

— « Sa puissance est forte !... Malgré moi, je l'aime[51] ! »

— « Alors, qu'il soit libre ? »

Le Tétrarque hocha la tête. Il craignait Hérodias, Mannaëi, et l'inconnu.

Phanuel tâcha de le persuader, en alléguant, pour garantie de ses projets, la soumission des Esséniens aux rois. On respectait ces hommes pauvres, indomptables par les supplices, vêtus de lin, et qui lisaient l'avenir dans les étoiles.

Antipas se rappela un mot de lui, tout à l'heure.

— « Quelle est cette chose que tu m'annonçais comme importante ? »

Un nègre survint. Son corps était blanc de poussière. Il râlait et ne put que dire :

— « Vitellius ! »

— « Comment ? il arrive ? »

— « Je l'ai vu. Avant trois heures, il est ici ! »

Les portières des corridors furent agitées comme par le vent. Une rumeur emplit le château, un vacarme de gens qui couraient, de meubles qu'on traînait, d'argenteries s'écroulant ; et, du haut des tours, des buccins sonnaient, pour avertir les esclaves dispersés.

II

Les remparts étaient couverts de monde quand Vitellius entra dans la cour. Il s'appuyait sur le bras de son interprète, suivi d'une grande litière rouge ornée de panaches et de miroirs, ayant la toge, le laticlave[52], les brodequins d'un consul et des licteurs autour de sa personne.

Ils plantèrent contre la porte leurs douze faisceaux, des baguettes reliées par une courroie avec une hache dans le milieu. Alors, tous frémirent devant la majesté du peuple romain.

La litière, que huit hommes manœuvraient, s'arrêta. Il en sortit un adolescent, le ventre gros, la face bourgeonnée, des perles le long des doigts. On lui offrit une coupe pleine de vin et d'aromates. Il la but, et en réclama une seconde.

Le Tétrarque était tombé aux genoux du Proconsul, chagrin, disait-il, de n'avoir pas connu plus tôt la faveur de sa présence. Autrement, il eût ordonné sur les routes tout ce qu'il fallait pour les Vitellius. Ils descendaient de la déesse Vitellia[53]. Une voie, menant du Janicule à la mer, portait encore leur nom. Les questures, les consulats étaient innombrables dans la famille ; et quant à Lucius, maintenant son hôte, on devait le remercier comme vainqueur des Clites[54] et père de ce jeune Aulus, qui semblait revenir dans son domaine, puisque l'Orient était la patrie des dieux. Ces hyperboles furent exprimées en latin. Vitellius les accepta impassiblement.

Il répondit que le grand Hérode suffisait à la gloire d'une nation. Les Athéniens lui avaient donné la surintendance des jeux Olympiques. Il avait bâti des temples en l'honneur d'Auguste, été patient, ingénieux, terrible, et fidèle toujours aux Césars.

Entre les colonnes à chapiteaux d'airain, on aperçut Hérodias qui s'avançait d'un air d'impératrice, au milieu de femmes et d'eunuques tenant sur des plateaux de vermeil des parfums allumés.

Le Proconsul fit trois pas à sa rencontre ; et, l'ayant saluée d'une inclinaison de tête :

— « Quel bonheur ! » s'écria-t-elle, « que désormais, Agrippa, l'ennemi de Tibère, fût dans l'impossibilité de nuire ! »

Il ignorait l'événement, elle lui parut dangereuse ; et comme Antipas jurait qu'il ferait tout pour l'Empereur, Vitellius ajouta : — « Même au détriment des autres ? »

Il avait tiré des otages du roi des Parthes, et l'Empereur n'y songeait plus[55] ; car Antipas, présent à la conférence, pour se faire valoir, en avait tout de suite expédié la nouvelle. De là, une haine profonde, et les retards à fournir des secours.

Le Tétrarque balbutia. Mais Aulus dit en riant :

— « Calme-toi, je te protège ! »

Le Proconsul feignit de n'avoir pas entendu. La fortune du père dépendait de la souillure du fils [56], et cette fleur des fanges de Caprée lui procurait des bénéfices tellement considérables qu'il l'entourait d'égards, tout en se méfiant, parce qu'elle était vénéneuse.

Un tumulte s'éleva sous la porte. On introduisait une file de mules blanches, montées par des personnages en costume de prêtres. C'étaient des Sadducéens [57] et des Pharisiens, que la même ambition poussait à Machærous, les premiers voulant obtenir la sacrificature [58], et les autres la conserver. Leurs visages étaient sombres, ceux des Pharisiens surtout, ennemis de Rome et du Tétrarque. Les pans de leur tunique les embarrassaient dans la cohue ; et leur tiare chancelait à leur front par-dessus des bandelettes de parchemin, où des écritures étaient tracées.

Presque en même temps, arrivèrent des soldats de l'avant-garde. Ils avaient mis leurs boucliers dans des sacs, par précaution contre la poussière ; et derrière eux était Marcellus, lieutenant du Proconsul, avec des publicains [59], serrant sous leurs aisselles des tablettes de bois.

Antipas nomma les principaux de son entourage : Tolmaï, Kanthera, Séhon, Ammonius d'Alexandrie, qui lui achetait de l'asphalte, Naâmann, capitaine de ses vélites [60], Iaçim le Babylonien.

Vitellius avait remarqué Mannaëi.

— « Celui-là, qu'est-ce donc ? »

Le Tétrarque fit comprendre, d'un geste, que c'était le bourreau.

Puis il présenta les Sadducéens.

Jonathas, un petit homme libre d'allures et parlant grec, supplia le maître de les honorer d'une visite à Jérusalem. Il s'y rendrait probablement.

Éléazar, le nez crochu et la barbe longue, réclama pour les Pharisiens le manteau du grand prêtre détenu dans la tour Antonia par l'autorité civile.

Ensuite, les Galiléens dénoncèrent Ponce Pilate[61]. A l'occasion d'un fou qui cherchait les vases d'or de David dans une caverne, près de Samarie, il avait tué des habitants ; et tous parlaient à la fois, Mannaëi plus violemment que les autres. Vitellius affirma que les criminels seraient punis.

Des vociférations éclatèrent en face d'un portique, où les soldats avaient suspendu leurs boucliers. Les housses étant défaites, on voyait sur les *umbo*[62] la figure de César. C'était pour les Juifs une idolâtrie. Antipas les harangua, pendant que Vitellius, dans la colonnade, sur un siège élevé, s'étonnait de leur fureur. Tibère avait eu raison d'en exiler quatre cents[63] en Sardaigne. Mais chez eux ils étaient forts ; et il commanda de retirer les boucliers.

Alors, ils entourèrent le Proconsul, en implorant des réparations d'injustice, des privilèges, des aumônes. Les vêtements étaient déchirés, on s'écrasait ; et, pour faire de la place, des esclaves avec des bâtons frappaient de droite et de gauche. Les plus voisins de la porte descendirent sur le sentier, d'autres le montaient ; ils refluèrent ; deux courants se croisaient dans cette masse d'hommes qui oscillait, comprimée par l'enceinte des murs.

Vitellius demanda pourquoi tant de monde. Antipas en dit la cause : le festin de son anniversaire ; et il montra plusieurs de ses gens qui, penchés sur les créneaux, halaient d'immenses corbeilles de viandes, de fruits, de légumes, des antilopes et des cigognes, de larges poissons couleur d'azur, des raisins, des pastèques, des grenades élevées en pyramides. Aulus n'y tint pas. Il se précipita vers les cuisines, emporté par cette goinfrerie qui devait surprendre l'univers.

En passant près d'un caveau, il aperçut des marmites pareilles à des cuirasses[64]. Vitellius vint les regarder ; et exigea qu'on lui ouvrît les chambres souterraines de la forteresse.

Elles étaient taillées dans le roc en hautes voûtes, avec des piliers de distance en distance. La première contenait de vieilles armures ; mais la seconde regorgeait de piques, et qui allongeaient toutes leurs pointes, émergeant d'un bouquet de plumes. La troisième semblait tapissée en nattes de roseaux, tant les flèches minces étaient perpendiculairement les unes à côté des autres. Des lames de cimeterres couvraient les parois de la quatrième. Au milieu de la cinquième, des rangs de casques faisaient, avec leurs crêtes, comme un bataillon de serpents rouges. On ne voyait dans la sixième que des carquois ; dans la septième, que des cnémides[65] ; dans la huitième, que des brassards ; dans les suivantes, des fourches, des grappins, des échelles, des cordages, jusqu'à des mâts pour les catapultes, jusqu'à des grelots pour le poitrail des dromadaires ! et comme la montagne allait en s'élargissant vers sa base, évidée à l'intérieur telle qu'une ruche d'abeilles, au-dessous de ces chambres il y en avait de plus nombreuses, et d'encore plus profondes.

Vitellius, Phinées son interprète, et Sisenna le chef des publicains, les parcouraient à la lumière des flambeaux, que portaient trois eunuques.

On distinguait dans l'ombre des choses hideuses inventées par les barbares : casse-tête garnis de clous, javelots empoisonnant les blessures, tenailles qui ressemblaient à des mâchoires de crocodiles ; enfin le Tétrarque possédait dans Machærous des munitions de guerre pour quarante mille hommes.

Il les avait rassemblées en prévision d'une alliance de ses ennemis. Mais le Proconsul pouvait croire, ou dire, que c'était pour combattre les Romains, et il cherchait des explications.

Elles n'étaient pas à lui ; beaucoup servaient à se défendre des brigands ; d'ailleurs il en fallait contre les Arabes ; ou bien, tout cela avait appartenu à son père. Et, au lieu de marcher derrière le Proconsul, il allait devant, à pas rapides. Puis il se rangea le long du mur, qu'il masquait de sa toge, avec ses deux coudes écartés ; mais le haut d'une porte dépassait sa tête.

Vitellius la remarqua, et voulut savoir ce qu'elle enfermait.

Le Babylonien pouvait seul l'ouvrir.

— « Appelle le Babylonien ! »

On l'attendit.

Son père était venu des bords de l'Euphrate s'offrir au grand Hérode, avec cinq cents cavaliers, pour défendre les frontières orientales. Après le partage du royaume, Iaçim était demeuré chez Philippe, et maintenant servait Antipas.

Il se présenta, un arc sur l'épaule, un fouet à la main. Des cordons multicolores serraient étroitement ses jambes torses. Ses gros bras sortaient d'une tunique sans manches, et un bonnet de fourrure ombrageait sa mine, dont la barbe était frisée en anneaux.

D'abord, il eut l'air de ne pas comprendre l'interprète. Mais Vitellius lança un coup d'œil à Antipas, qui répéta tout de suite son commandement. Alors Iaçim appliqua ses deux mains contre la porte. Elle glissa dans le mur.

Un souffle d'air chaud s'exhala des ténèbres. Une allée descendait en tournant ; ils la prirent et arrivèrent au seuil d'une grotte, plus étendue que les autres souterrains.

Une arcade s'ouvrait au fond sur le précipice, qui de ce côté-là défendait la citadelle. Un chèvrefeuille, se cramponnant à la voûte, laissait retomber ses fleurs en pleine lumière. A ras du sol, un filet d'eau murmurait.

Des chevaux blancs étaient là, une centaine peut-être, et qui mangeaient de l'orge sur une planche au niveau de leur bouche. Ils avaient tous la crinière peinte en bleu, les sabots dans des mitaines de sparterie, et les poils d'entre les oreilles bouffant sur le frontal, comme une perruque. Avec leur queue très longue, ils se battaient mollement les jarrets. Le Proconsul en resta muet d'admiration.

C'étaient de merveilleuses bêtes, souples comme des serpents, légères comme des oiseaux. Elles partaient avec la flèche du cavalier, renversaient les hommes en les mordant au ventre, se tiraient de l'embarras des rochers, sautaient par-dessus des abîmes, et pendant tout un jour continuaient dans les plaines leur galop frénétique ; un mot les arrêtait. Dès que Iaçim entra, elles vinrent à lui, comme des moutons quand paraît le berger ; et, avançant leur encolure, elles le regardaient inquiètes avec leurs yeux d'enfant. Par habitude, il lança du fond de sa gorge un cri rauque qui les mit en gaieté ; et elles se cabraient, affamées d'espace, demandant à courir.

Antipas, de peur que Vitellius ne les enlevât, les avait emprisonnées dans cet endroit, spécial pour les animaux, en cas de siège.

— « L'écurie est mauvaise », dit le Proconsul, « et tu risques de les perdre ! Fais l'inventaire, Sisenna ! »

Le publicain retira une tablette de sa ceinture, compta les chevaux et les inscrivit.

Les agents des compagnies fiscales corrompaient les gouverneurs, pour piller les provinces. Celui-là flairait partout, avec sa mâchoire de fouine et ses paupières clignotantes.

Enfin, on remonta dans la cour.

Des rondelles de bronze au milieu des pavés, çà et là, couvraient les citernes. Il en observa une, plus grande que les autres, et qui n'avait pas sous les talons leur sonorité. Il les frappa toutes alternativement, puis hurla, en piétinant :

— « Je l'ai ! je l'ai ! C'est ici le trésor d'Hérode ! »

La recherche de ses trésors était une folie des Romains.

Ils n'existaient pas, jura le Tétrarque.

Cependant, qu'y avait-il là-dessous ?

— « Rien ! un homme, un prisonnier.

— « Montre-le ! » dit Vitellius.

Le Tétrarque n'obéit pas ; les Juifs auraient connu son secret. Sa répugnance à ouvrir la rondelle impatientait Vitellius.

— « Enfoncez-la ! » cria-t-il aux licteurs.

Mannaëi avait deviné ce qui les occupait. Il crut, en voyant une hache, qu'on allait décapiter Iaokanann ; et il arrêta le licteur au premier coup sur la plaque, insinua entre elle et les pavés une manière de crochet, puis, roidissant ses longs bras maigres, la souleva doucement, elle s'abattit ; tous admirèrent la force de ce vieillard. Sous le couvercle doublé de bois, s'étendait une trappe de même dimension. D'un coup de poing, elle se replia en deux panneaux ; on vit alors un trou, une fosse énorme que contournait un escalier sans rampe ; et ceux qui se penchèrent sur le bord aperçurent au fond quelque chose de vague et d'effrayant.

Un être humain était couché par terre, sous de longs cheveux se confondant avec les poils de bête qui garnissaient son dos. Il se leva. Son front touchait à une grille horizontalement scellée ; et, de temps à autre, il disparaissait dans les profondeurs de son antre.

Le soleil faisait briller la pointe des tiares, le pommeau des glaives, chauffait à outrance les dalles ; et des colombes, s'envolant des frises, tournoyaient au-dessus de la cour. C'était l'heure où Mannaëi, ordinairement, leur jetait du grain. Il se tenait accroupi devant le Tétrarque, qui était debout près de Vitellius. Les Galiléens, les prêtres, les soldats, formaient un cercle par-derrière ; tous se taisaient, dans l'angoisse de ce qui allait arriver.

Ce fut d'abord un grand soupir, poussé d'une voix caverneuse.

Hérodias l'entendit à l'autre bout du palais. Vaincue par une fascination, elle traversa la foule ; et elle écoutait, une main sur l'épaule de Mannaëi, le corps incliné.

La voix s'éleva :

— « Malheur à vous, Pharisiens et Sadducéens, race de vipères [66], outres gonflées, cymbales retentissantes ! »

On avait reconnu Iaokanann. Son nom circulait. D'autres accoururent.

« Malheur à toi, ô peuple ! et aux traîtres de Juda, aux ivrognes d'Éphraïm [67], à ceux qui habitent la vallée grasse, et que les vapeurs du vin font chanceler !

« Qu'ils se dissipent comme l'eau qui s'écoule, comme la limace qui se fond en marchant, comme l'avorton d'une femme qui ne voit pas le soleil.

« Il faudra, Moab[68], te réfugier dans les cyprès comme les passereaux, dans les cavernes comme les gerboises. Les portes des forteresses seront plus vite brisées que des écailles de noix, les murs crouleront, les villes brûleront ; et le fléau de l'Éternel ne s'arrêtera pas. Il retournera vos membres dans votre sang, comme de la laine dans la cuve d'un teinturier[69]. Il vous déchirera comme une herse neuve ; il répandra sur les montagnes tous les morceaux de votre chair. »

De quel conquérant parlait-il ? Était-ce de Vitellius ? Les Romains seuls pouvaient produire cette extermination. Des plaintes s'échappaient : — « Assez ! assez ! qu'il finisse ! »

Il continua, plus haut :

— « Auprès du cadavre de leurs mères, les petits enfants se traîneront sur les cendres. On ira, la nuit, chercher son pain à travers les décombres, au hasard des épées. Les chacals s'arracheront des ossements sur les places publiques, où le soir les vieillards causaient. Tes vierges, en avalant leurs pleurs, joueront de la cithare dans les festins de l'étranger, et tes fils les plus braves baisseront leur échine, écorchée par des fardeaux trop lourds ! »

Le peuple revoyait les jours de son exil, toutes les catastrophes de son histoire. C'étaient les paroles des anciens prophètes[70]. Iaokanann les envoyait, comme de grands coups, l'une après l'autre.

Mais la voix se fit douce, harmonieuse, chantante. Il annonçait un affranchissement, des splendeurs au ciel, le nouveau-né un bras dans la caverne du dragon, l'or à la place de l'argile, le désert s'épanouissant comme une rose : — « Ce qui maintenant vaut soixante kiccars[71] ne coûtera pas une obole. Des fontaines de lait jailliront des rochers ; on s'endormira dans les pressoirs le ventre plein ! Quand viendras-tu, toi que j'espère ? D'avance, tous les peuples s'agenouillent, et ta domination sera éternelle, Fils de David[72] ! »

Le Tétrarque se rejeta en arrière, l'existence d'un Fils de David l'outrageant comme une menace.

Iaokanann l'invectiva pour sa royauté.

— « Il n'y a pas d'autre roi que l'Éternel ! » et pour ses jardins, pour ses statues, pour ses meubles d'ivoire, comme l'impie Achab[73] !

Antipas brisa la cordelette du cachet suspendu à sa poitrine, et le lança dans la fosse, en lui commandant de se taire.

La voix répondit,

— « Je crierai comme un ours, comme un âne sauvage, comme une femme qui enfante !

« Le châtiment est déjà dans ton inceste[74]. Dieu t'afflige de la stérilité du mulet ! »

Et des rires s'élevèrent, pareils au clapotement des flots.

Vitellius s'obstinait à rester. L'interprète, d'un ton impassible, redisait, dans la langue des Romains, toutes les injures que Iaokanann rugissait dans la sienne. Le Tétrarque et Hérodias étaient forcés de les subir deux fois. Il haletait, pendant qu'elle observait béante le fond du puits.

L'homme effroyable se renversa la tête ; et, empoignant les barreaux, y colla son visage qui avait l'air d'une broussaille, où étincelaient deux charbons :

— « Ah ! c'est toi, Iézabel[75] !

« Tu as pris son cœur avec le craquement de ta chaussure. Tu hennissais comme une cavale. Tu as dressé ta couche sur les monts, pour accomplir tes sacrifices !

« Le Seigneur arrachera tes pendants d'oreilles, tes robes de pourpre, tes voiles de lin, les anneaux de tes bras, les bagues de tes pieds, et les petits croissants d'or qui tremblent sur ton front, tes miroirs d'argent, tes éventails en plumes d'autruche, les patins de nacre qui haussent ta taille, l'orgueil de tes diamants, les senteurs de tes cheveux, la peinture de tes ongles, tous les artifices de ta mollesse ; et les cailloux manqueront pour lapider l'adultère ! »

Elle chercha du regard une défense autour d'elle.

Les Pharisiens baissaient hypocritement leurs yeux. Les Sadducéens tournaient la tête, craignant d'offenser le Proconsul. Antipas paraissait mourir.

La voix grossissait, se développait, roulait avec des déchirements de tonnerre, et, l'écho dans la montagne la répétant, elle foudroyait Machærous d'éclats multipliés.

— « Étale-toi dans la poussière, fille de Babylone[76] ! Fais moudre la farine ! Ote ta ceinture, détache ton soulier, trousse-toi, passe les fleuves ! ta honte sera découverte, ton opprobre sera vu ! tes sanglots te briseront les dents ! L'Éternel exècre la puanteur de tes crimes ! Maudite ! maudite ! Crève comme une chienne ! »

La trappe se ferma, le couvercle se rabattit. Mannaëi voulait étrangler Iaokanann.

Hérodias disparut. Les Pharisiens étaient scandalisés. Antipas, au milieu d'eux, se justifiait.

— « Sans doute », reprit Éléazar, « il faut épouser la femme de son frère, mais Hérodias n'était pas veuve, et de plus elle avait un enfant, ce qui constituait l'abomination. »

— « Erreur ! erreur ! » objecta le Sadducéen Jonathas. « La loi condamne ces mariages, sans les proscrire absolument. »

— « N'importe ! On est pour moi bien injuste ! » disait Antipas, « car, enfin, Absalon a couché avec les femmes de son père, Juda avec sa bru, Ammon avec sa sœur, Loth avec ses filles. »

Aulus, qui venait de dormir, reparut à ce moment-là. Quand il fut instruit de l'affaire, il approuva le Tétrarque. On ne devait point se gêner pour de pareilles sottises ; et il riait beaucoup du blâme des prêtres, et de la fureur de Iaokanann.

Hérodias, au milieu du perron, se retourna vers lui.

— « Tu as tort, mon maître ! Il ordonne au peuple de refuser l'impôt. »

— « Est-ce vrai ? » demanda tout de suite le Publicain.

Les réponses furent généralement affirmatives. Le Tétrarque les renforçait.

Vitellius songea que le prisonnier pouvait s'enfuir ; et comme la conduite d'Antipas lui semblait douteuse, il établit des sentinelles aux portes, le long des murs et dans la cour.

Ensuite, il alla vers son appartement. Les députations des prêtres l'accompagnèrent.

Sans aborder la question de la sacrificature, chacune émettait ses griefs.

Tous l'obsédaient. Il les congédia.

Jonathas le quittait, quand il aperçut, dans un créneau, Antipas causant avec un homme à longs cheveux et en robe blanche, un Essénien ; et il regretta de l'avoir soutenu.

Une réflexion avait consolé le Tétrarque. Iaokanann ne dépendait plus de lui ; les Romains s'en chargeaient. Quel soulagement ! Phanuel se promenait alors sur le chemin de ronde.

Il l'appela et, désignant les soldats :

— « Ils sont les plus forts ! je ne peux le délivrer ! ce n'est pas ma faute ! »

La cour était vide. Les esclaves se reposaient. Sur la rougeur du ciel, qui enflammait l'horizon, les moindres objets perpendiculaires se détachaient en noir. Antipas distingua les salines à l'autre bout de la mer Morte, et ne voyait plus les tentes des Arabes. Sans doute ils étaient partis ? La lune se levait ; un apaisement descendait dans son cœur.

Phanuel, accablé, restait le menton sur la poitrine. Enfin, il révéla ce qu'il avait à dire.

Depuis le commencement du mois, il étudiait le ciel avant l'aube, la constellation de Persée se trouvant au zénith. Agalah se montrait à peine, Algol brillait moins, Mira-Cœti avait disparu[77] ; d'où il augurait la mort d'un homme considérable, cette nuit même, dans Machærous.

Lequel ? Vitellius était trop bien entouré. On n'exécuterait pas Iaokanann. « C'est donc moi ! » pensa le Tétrarque.

Peut-être que les Arabes allaient revenir ? Le Proconsul découvrirait ses relations avec les Parthes ! Des sicaires de Jérusalem escortaient les prêtres ; ils avaient sous leurs vêtements des poignards ; et le Tétrarque ne doutait pas de la science de Phanuel.

Il eut l'idée de recourir à Hérodias. Il la haïssait pourtant. Mais elle lui donnerait du courage ; et tous les liens n'étaient pas rompus de l'ensorcellement qu'il avait autrefois subi.

Quand il entra dans sa chambre, du cinnamome[78] fumait sur une vasque de porphyre ; et des poudres, des onguents, des étoffes pareilles à des nuages, des broderies plus légères que des plumes, étaient dispersées.

Il ne dit pas la prédiction de Phanuel, ni sa peur des Juifs et des Arabes ; elle l'eût accusé d'être lâche. Il parla seulement des Romains ; Vitellius ne lui avait rien confié de ses projets militaires. Il le supposait ami de Caïus, que fréquentait Agrippa ; et il serait envoyé en exil, ou peut-être on l'égorgerait.

Hérodias, avec une indulgence dédaigneuse, tâcha de le rassurer. Enfin, elle tira d'un petit coffre une médaille bizarre, ornée du profil de Tibère. Cela suffisait à faire pâlir les licteurs et fondre les accusations.

Antipas, ému de reconnaissance, lui demanda comment elle l'avait.

— « On me l'a donnée », reprit-elle.

Sous une portière en face, un bras nu s'avança, un bras jeune, charmant et comme tourné dans l'ivoire par Polyclète[79]. D'une façon un peu gauche, et cependant gracieuse, il ramait dans l'air, pour saisir une tunique oubliée sur une escabelle près de la muraille.

Une vieille femme la passa doucement, en écartant le rideau.

Le Tétrarque eut un souvenir, qu'il ne pouvait préciser.

— « Cette esclave est-elle à toi ? »

— « Que t'importe ? » répondit Hérodias.

III

Les convives emplissaient la salle du festin.

Elle avait trois nefs, comme une basilique, et que séparaient des colonnes en bois d'algumim [80], avec des chapiteaux de bronze couverts de sculptures. Deux galeries à claire-voie s'appuyaient dessus ; et une troisième en filigrane d'or se bombait au fond, vis-à-vis d'un cintre énorme, qui s'ouvrait à l'autre bout.

Des candélabres, brûlant sur les tables alignées dans toute la longueur du vaisseau, faisaient des buissons de feux, entre les coupes de terre peinte et les plats de cuivre, les cubes de neige, les monceaux de raisin ; mais ces clartés rouges se perdaient progressivement, à cause de la hauteur du plafond, et des points lumineux brillaient, comme des étoiles, la nuit, à travers des branches. Par l'ouverture de la grande baie, on apercevait des flambeaux sur les terrasses des maisons ; car Antipas fêtait ses amis, son peuple, et tous ceux qui s'étaient présentés.

Des esclaves, alertes comme des chiens et les orteils dans des sandales de feutre, circulaient, en portant des plateaux.

La table proconsulaire occupait, sous la tribune dorée, une estrade en planches de sycomore. Des tapis de Babylone l'enfermaient dans une espèce de pavillon.

Trois lits d'ivoire, un en face et deux sur les flancs, contenaient Vitellius, son fils et Antipas ; le Proconsul étant près de la porte, à gauche, Aulus à droite, le Tétrarque au milieu.

Il avait un lourd manteau noir, dont la trame disparaissait sous des applications de couleur, du fard aux pommettes, la barbe en éventail, et de la poudre d'azur dans ses cheveux, serrés par un diadème de pierreries. Vitellius gardait son baudrier de pourpre [81], qui descendait en diagonale sur une toge de lin. Aulus s'était fait nouer dans le dos les manches de sa robe en soie violette, lamée d'argent. Les boudins de sa chevelure formaient des étages, et un collier de saphirs étincelait à sa poitrine, grasse et blanche comme celle d'une femme. Près de lui, sur une natte et jambes croisées, se tenait un enfant très beau, qui souriait toujours. Il l'avait vu dans les cuisines, ne pouvait plus s'en passer, et, ayant peine à retenir son nom chaldéen, l'appelait simplement : « l'Asiatique ». De temps à autre, il s'étalait sur le triclinium[82]. Alors, ses pieds nus dominaient l'assemblée.

De ce côté-là, il y avait les prêtres et les officiers d'Antipas, des habitants de Jérusalem, les principaux des villes grecques ; et, sous le Proconsul : Marcellus avec les publicains, des amis du Tétrarque, les personnages de Kana[83], Ptolémaïde[84], Jéricho ; puis, pêle-mêle, des montagnards du Liban, et les vieux soldats d'Hérode : douze Thraces, un Gaulois, deux Germains, des chasseurs de gazelles, des pâtres de l'Idumée, le sultan de Palmyre[85], des marins d'Ézion-gaber[86]. Chacun avait devant soi une galette de pâte molle, pour s'essuyer les doigts ; et les bras, s'allongeant comme des cous de vautour, prenaient des olives, des pistaches, des amandes. Toutes les figures étaient joyeuses, sous des couronnes de fleurs.

Les Pharisiens les avaient repoussées comme indécence romaine. Ils frissonnèrent quand on les aspergea de galbanum et d'encens, composition réservée aux usages du Temple.

Aulus en frotta son aisselle ; et Antipas lui en promit tout un chargement, avec trois couffes de ce véritable baume, qui avait fait convoiter la Palestine à Cléopâtre.

Un capitaine de sa garnison de Tibériade, survenu tout à l'heure, s'était placé derrière lui, pour l'entretenir d'événements extraordinaires[87]. Mais son attention était partagée entre le Proconsul et ce qu'on disait aux tables voisines.

On y causait de Iaokanann et des gens de son espèce ; Simon de Gittoï[88] lavait les péchés avec du feu. Un certain Jésus...

— « Le pire de tous », s'écria Éléazar. « Quel infâme bateleur ! »

Derrière le Tétrarque, un homme se leva, pâle comme la bordure de sa chlamyde[89]. Il descendit l'estrade, et, interpellant les Pharisiens :

— « Mensonge ! Jésus fait des miracles ! »

Antipas désirait en voir.

— « Tu aurais dû l'amener ! Renseigne-nous ! »

Alors il conta que lui, Jacob, ayant une fille malade, s'était rendu à Capharnaüm, pour supplier le Maître de vouloir la guérir. Le Maître avait répondu : « Retourne chez toi, elle est guérie[90] ! » Et il l'avait trouvée sur le seuil, étant sortie de sa couche quand le gnomon[91] du palais marquait la troisième heure, l'instant même où il abordait Jésus.

Certainement, objectèrent les Pharisiens, il existait des pratiques, des herbes puissantes ! Ici même, à Machærous, quelquefois on trouvait le baaras[92] qui rend invulnérable ; mais guérir sans voir ni toucher était une chose impossible, à moins que Jésus n'employât les démons.

Et les amis d'Antipas, les principaux de la Galilée, reprirent, en hochant la tête :

— « Les démons, évidemment. »

Jacob, debout entre leur table et celle des prêtres, se taisait d'une manière hautaine et douce.

Ils le sommaient de parler : — « Justifie son pouvoir ! »

Il courba les épaules, et à voix basse, lentement, comme effrayé de lui-même :

— « Vous ne savez donc pas que c'est le Messie ? »

Tous les prêtres se regardèrent ; et Vitellius demanda l'explication du mot. Son interprète fut une minute avant de répondre.

Ils appelaient ainsi un libérateur qui leur apporterait la jouissance de tous les biens et la domination de tous les peuples. Quelques-uns même soutenaient qu'il fallait compter sur deux. Le premier serait vaincu par Gog et Magog[93], des démons du Nord ; mais l'autre exterminerait le Prince du Mal ; et, depuis des siècles, ils l'attendaient à chaque minute.

Les prêtres s'étant concertés, Éléazar prit la parole.

D'abord le Messie serait enfant de David, et non d'un charpentier ; il confirmerait la Loi. Ce Nazaréen l'attaquait ; et, argument plus fort, il devait être précédé de la venue d'Élie[94].

Jacob répliqua :

— « Mais il est venu, Élie ! »

— « Élie ! Élie ! » répéta la foule, jusqu'à l'autre bout de la salle.

Tous, par l'imagination, apercevaient un vieillard sous un vol de corbeaux, la foudre allumant un autel, des pontifes idolâtres jetés aux torrents ; et les femmes, dans les tribunes, songeaient à la veuve de Sarepta[95].

Jacob s'épuisait à redire qu'il le connaissait ! Il l'avait vu ! et le peuple aussi !

— « Son nom ? »

Alors il cria, de toutes ses forces :

— « Iaokanann ! »

Antipas se renversa comme frappé en pleine poitrine. Les Sadducéens avaient bondi sur Jacob. Éléazar pérorait, pour se faire écouter.

Quand le silence fut établi, il drapa son manteau, et comme un juge posa des questions.

— « Puisque le prophète est mort... »

Des murmures l'interrompirent. On croyait Élie disparu seulement[96].

Il s'emporta contre la foule, et, continuant son enquête :

— « Tu penses qu'il est ressuscité ?

— « Pourquoi pas ? » dit Jacob.

Les Sadducéens haussèrent les épaules ; Jonathas, écarquillant ses petits yeux, s'efforçait de rire comme un bouffon. Rien de plus sot que la prétention du corps à la vie éternelle ; et il déclama, pour le Proconsul, ce vers d'un poète contemporain :

Nec crescit, nec post mortem durare videtur[97]

Mais Aulus était penché au bord du triclinium, le front en sueur, le visage vert, les poings sur l'estomac.

Les Sadducéens feignirent un grand émoi ; — le lendemain, la sacrificature leur fut rendue ; — Antipas étalait du désespoir ; Vitellius demeurait impassible. Ses angoisses étaient pourtant violentes ; avec son fils il perdait sa fortune.

Aulus n'avait pas fini de se faire vomir, qu'il voulut remanger.

— « Qu'on me donne de la râpure de marbre, du schiste de Naxos, de l'eau de mer, n'importe quoi ! Si je prenais un bain ? »

Il croqua de la neige, puis, ayant balancé entre une terrine de Commagène [98] et des merles roses, se décida pour des courges au miel. L'Asiatique le contemplait, cette faculté d'engloutissement dénotant un être prodigieux et d'une race supérieure.

On servit des rognons de taureau, des loirs, des rossignols, des hachis dans des feuilles de pampre ; et les prêtres discutaient sur la résurrection. Ammonius, élève de Philon le Platonicien [99], les jugeait stupides, et le disait à des Grecs qui se moquaient des oracles. Marcellus et Jacob s'étaient joints. Le premier narrait au second le bonheur qu'il avait ressenti sous le baptême de Mithra [100], et Jacob l'engageait à suivre Jésus. Les vins de palme et de tamaris, ceux de Safet et de Byblos [101], coulaient des amphores dans les cratères, des cratères dans les coupes, des coupes dans les gosiers ; on bavardait, les cœurs s'épanchaient. Iaçim, bien que Juif, ne cachait plus son adoration des planètes [102]. Un marchand d'Aphaka [103] ébahissait des nomades, en détaillant les merveilles du temple d'Hiérapolis [104], et ils demandaient combien coûterait le pèlerinage. D'autres tenaient à leur religion natale. Un Germain presque aveugle chantait un hymne célébrant ce promontoire de la Scandinavie, où les dieux apparaissent avec les rayons de leurs figures ; et des gens de Sichem [105] ne mangèrent pas de tourterelles, par déférence pour la colombe Azima [106].

Plusieurs causaient debout, au milieu de la salle ; et

la vapeur des haleines avec les fumées des candélabres faisait un brouillard dans l'air. Phanuel passa le long des murs. Il venait encore d'étudier le firmament, mais n'avançait pas jusqu'au Tétrarque, redoutant les taches d'huile qui, pour les Esséniens, étaient une grande souillure.

Des coups retentirent contre la porte du château.

On savait maintenant que Iaokanann s'y trouvait détenu. Des hommes avec des torches grimpaient le sentier ; une masse noire fourmillait dans le ravin ; et ils hurlaient de temps à autre : — « Iaokanann ! Iaokanann ! »

— « Il dérange tout ! » dit Jonathas.

— « On n'aura plus d'argent, s'il continue ! » ajoutèrent les Pharisiens.

Et des récriminations partaient :

— « Protège-nous !

— « Qu'on en finisse !

— « Tu abandonnes la religion !

— « Impie comme les Hérode !

— « Moins que vous ! » répliqua Antipas. « C'est mon père qui a édifié votre temple[107] ! »

Alors, les Pharisiens, les fils des proscrits, les partisans des Matathias[108], accusèrent le Tétrarque des crimes de sa famille.

Ils avaient des crânes pointus, la barbe hérissée, des mains faibles et méchantes, ou la face camuse, de gros yeux ronds, l'air de bouledogues. Une douzaine, scribes et valets des prêtres, nourris par le rebut des holocaustes[109], s'élancèrent jusqu'au bas de l'estrade ; et avec des couteaux ils menaçaient Antipas, qui les haranguait, pendant que les Sadducéens le défendaient mollement. Il aperçut Manaëi, et lui fit signe de s'en aller, Vitellius indiquant par sa contenance que ces choses ne le regardaient pas.

Les Pharisiens, restés sur leur triclinium, se mirent dans une fureur démoniaque. Ils brisèrent les plats devant eux. On leur avait servi le ragoût chéri de Mécène[110], de l'âne sauvage, une viande immonde[111].

Aulus les railla à propos de la tête d'âne, qu'ils

honoraient, disait-on, et débita d'autres sarcasmes sur leur antipathie du pourceau. C'était sans doute parce que cette grosse bête avait tué leur Bacchus ; et ils aimaient trop le vin, puisqu'on avait découvert dans le Temple une vigne d'or [112].

Les prêtres ne comprenaient pas ses paroles. Phinées, Galiléen d'origine, refusa de les traduire. Alors sa colère fut démesurée, d'autant plus que l'Asiatique, pris de peur, avait disparu ; et le repas lui déplaisait, les mets étant vulgaires, point déguisés suffisamment ! Il se calma, en voyant des queues de brebis syriennes, qui sont des paquets de graisse.

Le caractère des Juifs semblait hideux à Vitellius. Leur dieu pouvait bien être Moloch [113], dont il avait rencontré des autels sur la route ; et les sacrifices d'enfants lui revinrent à l'esprit, avec l'histoire de l'homme qu'ils engraissaient mystérieusement. Son cœur de Latin était soulevé de dégoût par leur intolérance, leur rage iconoclaste, leur achoppement de brute. Le Proconsul voulait partir. Aulus s'y refusa.

La robe abaissée jusqu'aux hanches, il gisait derrière un monceau de victuailles, trop repu pour en prendre, mais s'obstinant à ne point les quitter.

L'exaltation du peuple grandit. Ils s'abandonnèrent à des projets d'indépendance. On rappelait la gloire d'Israël. Tous les conquérants avaient été châtiés : Antigone [114], Crassus [115], Varus [116]...

— « Misérables ! » dit le Proconsul ; car il entendait le syriaque [117], son interprète ne servait qu'à lui donner du loisir pour répondre.

Antipas, bien vite, tira la médaille de l'Empereur, et, l'observant avec tremblement, il la présentait du côté de l'image.

Les panneaux de la tribune d'or se déployèrent tout à coup ; et à la splendeur des cierges, entre ses esclaves et des festons d'anémone, Hérodias apparut, — coiffée d'une mitre assyrienne qu'une mentonnière attachait à son front ; ses cheveux en spirales s'épandaient sur un péplos d'écarlate, fendu dans la longueur des manches. Deux monstres en pierre, pareils à ceux du trésor des

Atrides[118], se dressant contre la porte, elle ressemblait à Cybèle[119] accotée de ses lions ; et du haut de la balustrade qui dominait Antipas, avec une patère à la main, elle cria :

— « Longue vie à César ! »

Cet hommage fut répété par Vitellius, Antipas et les prêtres.

Mais il arriva du fond de la salle un bourdonnement de surprise et d'admiration. Une jeune fille venait d'entrer.

Sous un voile bleuâtre lui cachant la poitrine et la tête, on distinguait les arcs de ses yeux, les calcédoines de ses oreilles, la blancheur de sa peau. Un carré de soie gorge-de-pigeon, en couvrant les épaules, tenait aux reins par une ceinture d'orfèvrerie. Ses caleçons noirs étaient semés de mandragores, et d'une manière indolente elle faisait claquer de petites pantoufles en duvet de colibri.

Sur le haut de l'estrade, elle retira son voile. C'était Hérodias, comme autrefois dans sa jeunesse. Puis elle se mit à danser.

Ses pieds passaient l'un devant l'autre, au rythme de la flûte et d'une paire de crotales[120]. Ses bras arrondis appelaient quelqu'un, qui s'enfuyait toujours. Elle le poursuivait, plus légère qu'un papillon, comme une Psyché[121] curieuse, comme une âme vagabonde et semblait prête à s'envoler.

Les sons funèbres de la gingras[122] remplacèrent les crotales. L'accablement avait suivi l'espoir. Ses attitudes exprimaient des soupirs, et toute sa personne une telle langueur qu'on ne savait pas si elle pleurait un dieu, ou se mourait dans sa caresse. Les paupières entre-closes, elle se tordait la taille, balançait son ventre avec des ondulations de houle, faisait trembler ses deux seins, et son visage demeurait immobile, et ses pieds n'arrêtaient pas.

Vitellius la compara à Mnester[123], le pantomime. Aulus vomissait encore. Le Tétrarque se perdait dans un rêve, et ne songeait plus à Hérodias. Il crut la voir près des Sadducéens. La vision s'éloigna.

Ce n'était pas une vision. Elle avait fait instruire, loin de Machærous, Salomé sa fille, que le Tétrarque aimerait ; et l'idée était bonne. Elle en était sûre, maintenant !

Puis ce fut l'emportement de l'amour qui veut être assouvi. Elle dansa comme les prêtresses des Indes, comme les Nubiennes des cataractes[124], comme les bacchantes de Lydie[125]. Elle se renversait de tous les côtés, pareille à une fleur que la tempête agite. Les brillants de ses oreilles sautaient, l'étoffe de son dos chatoyait ; de ses bras, de ses pieds, de ses vêtements jaillissaient d'invisibles étincelles qui enflammaient les hommes. Une harpe chanta ; la multitude y répondit par des acclamations. Sans fléchir ses genoux, en écartant les jambes, elle se courba si bien que son menton frôlait le plancher ; et les nomades habitués à l'abstinence, les soldats de Rome experts en débauches, les avares publicains, les vieux prêtres aigris par les disputes, tous, dilatant leurs narines, palpitaient de convoitise.

Ensuite elle tourna autour de la table d'Antipas, frénétiquement, comme le rhombe[126] des sorcières ; et d'une voix que des sanglots de volupté entrecoupaient, il lui disait : — « Viens ! viens ! » Elle tournait toujours ; les tympanons[127] sonnaient à éclater, la foule hurlait. Mais le Tétrarque criait plus fort : « Viens ! viens ! Tu auras Capharnaüm ! la plaine de Tibérias ! mes citadelles ! la moitié de mon royaume ! »

Elle se jeta sur les mains, les talons en l'air, parcourut ainsi l'estrade comme un grand scarabée ; et s'arrêta, brusquement.

Sa nuque et ses vertèbres faisaient un angle droit. Les fourreaux de couleur qui enveloppaient ses jambes, lui passant par-dessus l'épaule, comme des arcs-en-ciel, accompagnaient sa figure, à une coudée du sol. Ses lèvres étaient peintes, ses sourcils très noirs, ses yeux presque terribles, et des gouttelettes à son front semblaient une vapeur sur du marbre blanc.

Elle ne parlait pas. Ils se regardaient.

Un claquement de doigts se fit dans la tribune. Elle y

monta, reparut ; et, en zézayant un peu, prononça ces mots, d'un air enfantin :

— « Je veux que tu me donnes dans un plat, la tête... » Elle avait oublié le nom, mais reprit en souriant : « La tête de Iaokanann ! »

Le Tétrarque s'affaissa sur lui-même, écrasé.

Il était contraint par sa parole, et le peuple attendait. Mais la mort qu'on lui avait prédite, en s'appliquant à un autre, peut-être détournerait la sienne ? Si Iaokanann était véritablement Élie, il pourrait s'y soustraire ; s'il ne l'était pas, le meurtre n'avait plus d'importance.

Mannaëi était à ses côtés, et comprit son intention.

Vitellius le rappela pour lui confier le mot d'ordre des sentinelles gardant la fosse.

Ce fut un soulagement. Dans une minute, tout serait fini !

Cependant, Mannaëi n'était guère prompt en besogne.

Il rentra, mais bouleversé.

Depuis quarante ans il exerçait la fonction de bourreau. C'était lui qui avait noyé Aristobule, étranglé Alexandre, brûlé vif Matathias, décapité Zosime, Pappus, Joseph et Antipater[128], et il n'osait tuer Iaokanann ! Ses dents claquaient, tout son corps tremblait.

Il avait aperçu devant la fosse le Grand Ange des Samaritains, tout couvert d'yeux et brandissant un immense glaive, rouge, et dentelé comme une flamme. Deux soldats amenés en témoignage pouvaient le dire.

Ils n'avaient rien vu, sauf un capitaine juif, qui s'était précipité sur eux, et qui n'existait plus.

La fureur d'Hérodias dégorgea en un torrent d'injures populacières et sanglantes. Elle se cassa les ongles au grillage de la tribune, et les deux lions sculptés semblaient mordre ses épaules et rugir comme elle.

Antipas l'imita, les prêtres, les soldats, les Pharisiens, tous réclamant une vengeance, et les autres, indignés qu'on retardât leur plaisir.

Mannaëi sortit, en se cachant la face.

Les convives trouvèrent le temps encore plus long que la première fois. On s'ennuyait.

Tout à coup, un bruit de pas se répercuta dans les couloirs. Le malaise devenait intolérable.

La tête entra; — et Mannaëi la tenait par les cheveux, au bout de son bras, fier des applaudissements.

Quand il l'eut mise sur un plat, il l'offrit à Salomé.

Elle monta lestement dans la tribune : plusieurs minutes après, la tête fut rapportée par cette vieille femme que le Tétrarque avait distinguée le matin sur la plate-forme d'une maison, et tantôt dans la chambre d'Hérodias.

Il se reculait pour ne pas la voir. Vitellius y jeta un regard indifférent.

Mannaëi descendit l'estrade, et l'exhiba aux capitaines romains, puis à tous ceux qui mangeaient de ce côté.

Ils l'examinèrent.

La lame aiguë de l'instrument, glissant du haut en bas, avait entamé la mâchoire. Une convulsion tirait les coins de la bouche. Du sang, caillé déjà, parsemait la barbe. Les paupières closes étaient blêmes comme des coquilles; et des candélabres à l'entour envoyaient des rayons[129].

Elle arriva à la table des prêtres. Un Pharisien la retourna curieusement; et Mannaëi, l'ayant remise d'aplomb, la posa devant Aulus, qui en fut réveillé. Par l'ouverture de leurs cils, les prunelles mortes et les prunelles éteintes semblaient se dire quelque chose.

Ensuite Mannaëi la présenta à Antipas. Des pleurs coulèrent sur les joues du Tétrarque.

Les flambeaux s'éteignaient. Les convives partirent; et il ne resta plus dans la salle qu'Antipas, les mains contre ses tempes, et regardant toujours la tête coupée, tandis que Phanuel, debout au milieu de la grande nef, murmurait des prières, les bras étendus.

A l'instant où se levait le soleil, deux hommes,

expédiés autrefois par Iaokanann, survinrent, avec la réponse si longtemps espérée [130].

Ils la confièrent à Phanuel, qui en eut un ravissement.

Puis il leur montra l'objet lugubre, sur le plateau, entre les débris du festin. Un des hommes lui dit :

— « Console-toi ! Il est descendu chez les morts annoncer le Christ ! »

L'Essénien comprenait maintenant ces paroles : « Pour qu'il croisse, il faut que je diminue. »

Et tous les trois, ayant pris la tête de Iaokanann, s'en allèrent du côté de la Galilée.

Comme elle était très lourde, ils la portaient alternativement.

NOTES

UN CŒUR SIMPLE

1. Sous-préfecture du Calvados; ville natale de la mère de Flaubert. Pour préparer la rédaction du conte, en avril 1876, l'auteur, qui connaissait déjà bien la région depuis sa petite enfance, fit un voyage documentaire qui raviva et fixa ses souvenirs.

2. Ces deux fermes avaient appartenu à la mère de Flaubert. En 1872, Geffosses revint en héritage à Achille, et Toucques à Gustave ; en 1875, Flaubert dut vendre Toucques pour 200 000 F afin d'éviter la faillite Commanville.

3. Pièce principale du rez-de-chaussée.

4. Gérard Audran (1640-1703) célèbre graveur du XVIIe siècle.

5. Petit chariot servant ordinairement au transport du charbon.

6. Voir *La Légende de saint Julien l'Hospitalier,* note 37, c'est le climat du désir lorsqu'il ne sera pas satisfait.

7. Créé en 1688, le système de conscription par tirage au sort restera appliqué en France jusqu'en 1905 : étaient incorporés les jeunes hommes qui tiraient un « mauvais numéro ». Les malchanceux pouvaient encore « acheter un homme » qui servait de « remplaçant ». Le système donnait lieu à un véritable commerce : dans *L'Éducation sentimentale* (1, 2), le père de Deslauriers est « marchand d'hommes » à Troyes. Quant à Gustave, il avait, en 1842, tiré un bon numéro.

8. Les hommes mariés étaient exemptés du service militaire.

9. Les enfants de Mme Aubain (aux prénoms allusifs : Bernardin de Saint-Pierre) paraissent, par la même différence d'âge de trois ans, par la disparition précoce de la petite Virginie, avoir quelques rapports avec le couple enfantin Gustave-Caroline (né en 1824 et morte en 1846).

10. Transposition à peine dissimulée de l'arrière-grand-oncle de Flaubert, le conseiller Charles-François Fouet de Crémanville.

11. L'ivrognerie, la débauche. Du latin *crapula* : débauche, orgie.

12. Voir *La Légende de saint Julien l'Hospitalier*, note 30.

13. Station balnéaire où Gustave et Caroline passaient ordinairement leurs vacances.

14. La « seringue énorme » était destinée au clystère.

15. Les noms de l'établissement et de sa tenancière sont authentiques : Flaubert connaissait bien cette auberge où, dans sa jeunesse, il descendait en compagnie de ses parents ; c'est là notamment qu'il était tombé amoureux d'une petite Anglaise, la fille de la famille Collier qui séjournait en Normandie.

16. Coquilles Saint-Jacques : de l'anglais *God fish* (poisson de Dieu). Les pèlerins venus de Grande-Bretagne arboraient cette coquille sur leur chapeau.

17. Église Saint-Michel de Pont-l'Évêque.

18. Voiture légère servant d'omnibus, ouverte sur les quatre faces mais couverte d'un toit (*l'impériale*) sur lequel on pouvait charger les bagages.

19. Provincialisme pour « elle ne s'entendait à rien » : avait perdu son habileté pour toute chose.

20. L'histoire des navigations de Victor a pu être inspirée par les récits d'un ami de Flaubert : Pierre Barbey, ancien capitaine au long cours, qui habitait Trouville et employait d'ailleurs une humble et fidèle servante.

21. Sorte de civière servant au transport des matériaux.

22. Couler le linge : le laisser tremper dans une solution de potasse et de soude (de la cendre et de l'eau chaude) avant de le laver avec le battoir et de le rincer. Les lavandières battaient le linge sur une planche au bord d'un cours d'eau, agenouillées dans un demi-tonneau.

23. On soignait à cette époque la phtisie en prescrivant le repos sur la Côte d'Azur.

24. *Madame Bovary*, III, 8.

25. En 1832 une épidémie de choléra fit, partout en France, de nombreuses victimes.

26. Une importante colonie de réfugiés polonais s'était installée en France après l'écrasement de l'insurrection contre l'oppression russe en 1830. Flaubert avait personnellement connu les Polonais de Rouen par le musicien Orlowski professeur de piano de sa sœur Caroline (Correspondance « Bibliothèque de la Pléiade », t. I, p. 22-23, 24 mars 1837 à E. Chevallier).

27. Flaubert avait emprunté au Muséum de Rouen un perroquet « amazone » qu'il garda sur sa table pendant la rédaction du conte.

28. Un colporteur ; les marchands ambulants étaient nombreux sur les routes à cette époque et avaient la réputation de « blagueurs ».

29. Localité située à l'autre extrémité de la ville.

30. Partie de la route qui borde, de chaque côté, le pavé.

31. *Bouvard et Pécuchet.* Les routes empierrées étaient bordées de place en place de tas de cailloux entreposés pour leur entretien. Ces amoncellements étaient aménagés de manière que l'administration pût contrôler facilement le volume (en mètres cubes) facturé par les fournisseurs.

32. Le frère de Louis XVI et de Louis XVIII qui de 1824 à 1830 avait régné sous le nom de Charles X. Il s'agit donc d'une image de propagande royaliste datant du règne de Louis XVIII.

33. Repère pour la chronologie interne : Félicité est entrée au service de Mme Aubain à l'âge de dix-huit ans, alors que Paul n'avait que sept ans : elle a maintenant quarante-sept ans.

34. Administration chargée des domaines, du timbre et de l'authentification des actes privés. Le « vérificateur » est le fonctionnaire de l'enregistrement responsable d'un arrondissement.

35. L'Histoire est absente : aucune trace de 1848, du coup d'État, de l'Empire.

36. Un des symptômes de la pneumonie.

37. Membres de la « fabrique », c'est-à-dire du conseil d'administration laïque de la paroisse.

38. Instrument à vent en cuivre, muni de clefs, plus grave que la trompette ; c'est à l'époque un instrument très récent, apparu en France vers 1820.

39. Ou « diamants d'Alençon » : cristaux de quartz taillés à Alençon.

40. Voir *La Légende de saint Julien l'Hospitalier*, note 46.

LA LÉGENDE DE SAINT JULIEN L'HOSPITALIER

1. Scénario initial (F° 492) : « Jamais il n'y eut de meilleurs parents ni d'enfant mieux élevé que le petit Julien. Ils habitaient un château... »

2. Plantes symboliques : l'*héliotrope*, consacré à saint Jean est une

allégorie de l'inspiration divine, et s'oppose au *basilic* « qui emprunte depuis le Moyen Age à son homonyme de la race animale, sa déplorable réputation de cruauté et de rage » (Huysmans, *La Cathédrale*). On peut y voir une figuration des destinées antagoniques de Julien : saint et sanguinaire.

3. « Pleins d'herbes » et non « pleins d'eau » comme on peut le lire dans la quasi-totalité des éditions, y compris l'édition originale : « plein d'eau », contradictoire avec le contexte (pacifique) de la description, était une erreur du copiste qui avait échappé à l'œil de Flaubert. Les brouillons et le manuscrit portaient : « pleins d'herbes ».

4. Antiquité biblique, Moyen-Orient : les Amalécites (Samuel, I, 15-30), ennemis d'Israël avaient été vaincus par Saül et exterminés par David (d'où les frondes ? par mystification érudite).

5. Antiquité latine, Afrique orientale : les Garamantes, présentés comme de dangereux anthropophages athées dans *Salammbô* (II, XII, XIV, etc.) ont été exterminés par les Romains une vingtaine d'années avant notre ère.

6. Ve-VIIIe siècle, bassin méditerranéen et Europe du Sud : les Infidèles ; ils tiennent encore l'Espagne. Julien écrasera l'un de leurs descendants : le calife de Cordoue, dont il épousera la nièce. Le mot « braquemart », légèrement anachronique, semble avoir été choisi pour sa signification équivoque.

7. X^e^-XIe siècle, Europe du Sud et du Nord : les Normands de la tapisserie de Bayeux, les ancêtres de Flaubert, qui nous ramènent à une époque contemporaine de la narration (et aussi du côté de Croisset).
La salle d'armes décrit les étapes d'une totalité épique faisant le tour de l'histoire et du monde. Tous ces peuples ont en commun d'avoir été les ennemis de Dieu.

8. « Les hennins étaient si hauts, si larges, que quand les femmes qui les portaient voulaient passer sous une porte ordinaire, elles étaient contraintes de se baisser. » (*Larousse du XIXe siècle*.)

9. Du latin *carbunculus* diminutif de *carbun* charbon : pierre rougeoyante, « nom que les Anciens donnaient au rubis » (Littré) voir note 44.

10. Archaïsme : les errances aventureuses.

11. Les coquilles Saint-Jacques portées par les pèlerins qui revenaient de Compostelle. Voir *Un cœur simple*, note 16.

12. Tous les brouillons ajoutaient : « se rencontra *par hasard* sous ses doigts », supprimé *in extremis*. Le hasard, ou l'effet de la fatalité, reste doublement marqué par le style (c'est « la pierre » qui est deux fois sujet de l'action) de ce dernier meurtre des enfances où Julien découvre la volupté de tuer.

13. Terme courtois qui désigne ordinairement le divertissement des plaisirs amoureux. Ici, assortis de cette nuance érotique, les cinq règles de la vénerie : formation de la meute, son dressage et son entretien, la recherche des traces, comment on « lance », comment on « réduit » la bête.

14. Dresser.

15. Fientes.

16. Traces de pas et de griffes.

17. De quelle manière on contraint les bêtes à quitter leur refuge pour les poursuivre.

18. Le chien de bonne créance est un chien sûr, fiable à la chasse.

19. Chien anglais de grande taille.

20. En anglais « *beagles* », chiens bassets à jambes droites.

21. Pour la rédaction de ces paragraphes sur la meute et la fauconnerie, Flaubert a utilisé une volumineuse documentation étudiée par M.-J. Durry, *Flaubert et ses projets inédits*, 1950, « *Le Carnet 17* ». (Voir notes 22, 26, 27, 31.)

22. Notes manuscrites de Flaubert (Carnet 17) :
F° 77 « le tiercelet est le mâle de l'autour vient d'Arménie, yeux verts »
F° 76v « sacres 3 espèces le Seph de Babylone »
F° 79 « Gerfaut, Allemagne »
F° 80v « faucons pèlerins pris sur les falaises de la mer en lointains pays — et qui ont passé par-dessus la mer grande ».

23. Chiens dressés pour chasser l'oiseau (l'oisel) ; tombent en arrêt quand ils le sentent.

24. Faucon de Tartarie ; la notation « de Scythie » est une adjonction marginale de dernière minute après plusieurs origines septentrionales : Norvège, Islande, Scandinavie.

25. Lanières qui permettent au chasseur de tenir le faucon sur son poing ganté.

26. La curée, telle qu'elle est décrite dans *Le Livre de Chasse du Roi Modus et de la Reine Ratio*.

27. *Carnet 17*, F° 87 : « halbrans... canards sauvages ».

28. Verglas : « pluie qui se glace en tombant ou aussitôt qu'elle est tombée ». *Napoléon Landais*, 1853.

29. Julien se trouve dans le même état de jouissance somnambulique que beaucoup d'autres héros flaubertiens : la même formulation se rencontre pour les scènes de désir amoureux dans *la première Éducation sentimentale* (« ... avec la facilité surnaturelle que nous éprouvons dans les rêves, il leva le bras, l'étendit, et le lui passa autour de la taille »), dans *L'Éducation Sentimentale* (« ... avec

l'aisance extraordinaire que l'on éprouve dans les rêves. ») et dans *Salammbô* (« ... avec l'étrange facilité que l'on éprouve dans les rêves. »)

30. C'est un cirque, une arène naturelle ; voir *Un cœur simple*, note 12, où la situation est inversée dans la scène du taureau.

31. Dossier Manuscrit « Cerf », f. 487 : « ...Dans les Ardennes, cerf à barbe... ». Le nombre d'andouillers est remarquable sans être exceptionnel : l'usage en vénerie est de compter le nombre total d'andouillers des deux bois. Les plus « belles têtes » de vieux cerfs vont jusqu'à vingt-deux andouillers.

32. Cette flèche plantée entre les bois évoque discrètement le syncrétisme d'une allusion aux légendes de saint Hubert et de saint Eustache : le cerf miraculeux portant une croix entre les cornes. (Hypothèse confirmée par les brouillons.)

33. Archaïsme : les meilleurs médecins.

34. Titre militaire : le général des Parthes, voir *Hérodias*, note 21.

35. Monstres légendaires qui n'étaient à l'origine que des symboles héraldiques (voir Alfred Maury, *Essais sur les légendes pieuses du Moyen Age*, Paris, 1843, p.144-149).

36. Usage inattendu mais tout à fait délibéré. Flaubert se moque dans le *Dictionnaire des idées reçues* de l'usage bourgeois de ce verbe : « extirper : ce verbe ne s'emploie que pour les hérésies et les cors aux pieds ».

37. Voir *Un cœur simple*, note 6 : même climat du désir (chasser, aimer), même échec à l'horizon.

38. Flaubert : *Les Sept Fils du Derviche* : « Conte du désert... Hyène... avec des ongles qui battent sur la dalle ».

39. Dans la tradition biblique et les codes juridiques du Moyen Age (*Lex salica*), acte symbolique par lequel un homicide signe en expiation de son crime la donation de ses biens matériels.

40. Boisson alcoolisée ressemblant à la bière, obtenue par la fermentation de céréales, spécialement d'orge.

41. Affleurement du mythe de Narcisse et mise en évidence d'un des nœuds secrets du destin de Julien : l'identification (impossible) à la figure du père.

42. Voir *La Tentation de saint Antoine* : le décor.

43. C'est un écho de la cloche qui sonnait dans la première partie pour accompagner le « maudit, maudit, maudit » de la prédiction du cerf. Voir *Un cœur simple* (III) : Félicité imagine Dieu présent dans la nature : « c'est... son haleine qui pousse les nuées, sa voix qui rend les cloches harmonieuses ».

44. Les prunelles flamboyantes du lépreux sont la représentation sur laquelle se clôt un réseau symbolique qui traverse tout le conte,

celui des regards incandescents (le Bohème, le cerf, le père assassiné, les animaux de la grande chasse, etc.). Voir aussi note 9.

45. Les descriptions du lépreux sont à rapprocher de celles que Flaubert avait pu dresser (Correspondance, Voyage en Orient) « sur le motif » en Palestine. (Voir aussi *Salammbô*, VI, « Hannon ».)

46. Le nuage d'encens qui « monta dans la chambre de Félicité » quelques instants avant sa mort était une « vapeur d'azur ». (Voir *Un cœur simple*, note 40.) Le bleu azur se retrouve également ici (« Julien monta vers les espaces bleus ») : c'est la couleur des yeux de Julien et celle du papier sur lequel Flaubert écrit les *Trois Contes*.

47. Ce final avait été écrit dès le plan de 1856 et sous une forme très voisine :
F° 490 : « Et voilà la Légende de saint Julien L'Hospitalier telle qu'elle est racontée sur les vitraux de la cathédrale de ma ville natale. »
Il y a cinq versions du brouillon de cette phrase. L'état intermédiaire (3 version) donnait :
F° 444 v « Icy finit l'histoire de saint Julien telle à peu près qu'elle est contée sur un vitrail d'église dans mon pays. » Voir R. Debray-Genette in *Essais sur Flaubert*.

HÉRODIAS

1. Place forte édifiée par Alexandre-Jannée, à l'est de la mer Morte, pour défendre la Judée contre les incursions des Arabes. Restaurée par Hérode le Grand qui y séjourna souvent, Machærous n'était pas seulement une construction militaire ; c'était un chef-d'œuvre architectural : « Les constructions de Machærous, entreprises en quelque sorte contre nature, ces chambres d'une beauté merveilleuse, ces citernes inépuisables au milieu du site le plus terrible, élevées comme un défi au désert arabe, frappèrent d'admiration tous ceux qui les virent » (Renan).

2. La coudée romaine valait 44,2 centimètres : les murailles ont plus de 50 mètres de haut.

3. A la mort d'Hérode le Grand (4 av. J.-C.), la Judée avait été partagée en quatre provinces, chacune étant gouvernée par un tétrarque. Mais les Romains ayant établi sur cette région le régime du protectorat, les tétrarques ne conservaient la réalité de leur pouvoir que par le soutien de Rome. Hérode-Antipas, fils d'Hérode le Grand, avait reçu de son père le gouvernement de la Pérée et de la Galilée. Auguste et Tibère lui accordèrent leur soutien, mais il fut déchu par Caligula (40 ap. J.-C.). Voir note 64.

4. Ville de la Judée dont la région était célèbre pour ses vignobles ; c'est aussi dans les environs que s'étaient regroupés les Esséniens.

5. Cette cité, située à une trentaine de kilomètres de Jérusalem, passe pour la plus ancienne ville de Judée ; elle aurait été fondée par Adam, et Iaokanann (Jean-Baptiste) y serait né.

6. Ville de Judée, au nord-est d'Hébron.

7. Il n'existe pas de ville nommée Sorek ; il s'agit en fait d'un torrent qui coule au nord-ouest de Jérusalem. Flaubert avait d'abord écrit Gazer, qui est le nom d'une ville située au nord de Machærous, mais qu'il est impossible d'apercevoir de la citadelle. Flaubert a choisi un nom de deux syllabes.

8. Localité située au sud-est d'Hébron.

9. Cette tour, élevée par Hérode le Grand en l'honneur de Marc-Antoine, s'élevait au nord du Temple et servait alors de quartier général pour la garnison romaine.

10. Ville de Judée à une vingtaine de kilomètres au nord-ouest de Jérusalem, sur un affluent du Jourdain.

11. La Galilée était la plus riche et la plus riante des provinces qu'Hérode-Antipas gouvernait comme tétrarque.

12. Ville de Palestine où résida la Sainte Famille jusqu'au baptême de Jésus.

13. Ville de Galilée sur la rive occidentale du lac de Génézareth, fondée par Hérode-Antipas en l'honneur de l'empereur Tibère.

14. Géographiquement : Sud-Ouest de la péninsule d'Arabie, mais Flaubert semble désigner par ce nom une région beaucoup plus vaste.

15. Arétas, émir de Pétra (au sud de la mer Morte) : pour venger sa fille il extermina l'armée d'Antipas. Historiquement les événements sont moins ramassés : c'est après la mort de Jean-Baptiste qu'Antipas dut faire appel à Vitellius pour se défendre contre Arétas.

16. Hérodias était une petite-fille d'Hérode le Grand, c'est-à-dire une nièce d'Antipas ; mais c'était aussi sa belle-sœur : d'abord mariée à un autre de ses oncles (Hérode-Philippe), elle avait séduit et épousé Hérode-Antipas. Elle conservait de son premier mariage une fille, Salomé.

17. Lucius Vitellius, proconsul, le père du futur empereur, Aulus Vitellius.

18. Par Syrie, il faut entendre, selon la dénomination romaine, l'ensemble des provinces qui s'étendent de l'Euphrate à la Palestine.

19. Cet Agrippa était le neveu d'Antipas et le frère d'Hérodias. Élevé à Rome, il avait d'abord servi les intérêts de son oncle. Mais, rongé par la jalousie, il avait regagné Rome où il était devenu l'ami de Caïus, le futur Caligula, héritier de Tibère. Ses intrigues en faveur de Caïus le conduisirent en prison sur l'ordre de Tibère en 37, c'est-à-dire assez longtemps après la mort de Jean-Baptiste.

20. Un autre fils d'Hérode le Grand, demi-frère d'Antipas et premier mari d'Hérodias. Il avait reçu de son père la tétrarchie de Batanée, c'est-à-dire le Liban, sur la rive gauche du Jourdain.

21. Les Parthes occupaient les régions du Tigre et de l'Euphrate, à l'est de la Syrie. Leurs incursions en Palestine étaient fréquentes. En 113 ap. J.-C., l'empereur Trajan mit fin à leurs invasions mais sans parvenir à les soumettre. Il en est question encore comme de redoutables adversaires au Moyen Age (*La Légende de saint Julien l'Hospitalier,* note 34).

22. Iaokanann avait été incarcéré pour avoir publiquement dénoncé l'amour incestueux d'Antipas avec Hérodias qui était à la fois sa nièce et l'épouse de son frère.

23. Les deux hommes sont les disciples que Iaokanann envoie vers Jésus pour lui demander s'il est le Messie, qu'il avait lui-même annoncé (Évangile selon saint Matthieu, XI, 2-15, selon saint Luc, VII, 18-28). Voir note 130.

24. Peuple de Palestine vivant au nord de la Judée : après le règne de Salomon (930 av. J.-C.) les tribus d'Israël s'étaient séparées en deux royaumes. Celui du Nord dont la capitale était Sichem, puis Samarie, refusa de se plier à l'hégémonie religieuse du Temple de Jérusalem, capitale du royaume du Sud. Ce schisme religieux ne disparut pas lorsque l'unité israélienne fut rétablie après la captivité de Babylone : une hostilité permanente régnait entre ceux de Samarie et les « vrais » Juifs.

25. Montagne qui s'élève au sud-est de Samarie, et sur laquelle les Samaritains avaient édifié un Temple rival de celui de Jérusalem.

26. Grand-Prêtre et roi des Juifs : il avait fait disparaître Samarie en 108 av. J.-C. : « La ville fut détruite avec des raffinements pour qu'il n'en restât aucune trace. Le jour de sa destruction fut inscrit au calendrier des bons jours » (Renan).

27. Une des quatre collines de Jérusalem et, par extension, la ville de Jérusalem.

28. « Il » représente le Christ (Évangile selon saint Jean, III, 30).

29. Sodome et Gomorrhe qui après avoir été la proie des flammes furent recouvertes par la mer Morte ou le lac Asphaltite. (Il en est allusivement question dans *Un cœur simple,* III).

30. « Un des caractères le plus fortement marqués de cette tragique famille des Hérode était Hérodias, petite-fille d'Hérode le Grand. Violente, ambitieuse, passionnée, elle détestait le judaïsme et méprisait ses lois. Elle avait été mariée, probablement malgré elle, à un oncle (...) qu'Hérode le Grand avait déshérité et qui n'eut jamais de rôle public. La position inférieure de son mari, à l'égard des autres personnes de sa famille, ne lui laissait aucun repos ; elle voulut être souveraine à tout prix. Antipas fut l'instrument dont elle se servit » (Renan, *Vie de Jésus,* 5).

31. Voir note 19.

32. Eutychès, affranchi d'Agrippa, avait trahi son ancien maître : surprenant une conversation secrète entre Agrippa et Caïus Caligula dans laquelle était évoquée avec intérêt la mort de Tibère, Eutychès s'était empressé d'aller tout rapporter à l'empereur. En réalité ces événements se situent quelques mois seulement avant la mort de Tibère, c'est-à-dire en 36 et, par conséquent, cinq ou six ans après la mort de Jean-Baptiste. Flaubert, ici encore, choisit de bousculer la chronologie pour condenser l'Histoire.

33. A Rome, où Hérodias avait rencontré Antipas lorsqu'elle avait vingt-cinq ans et qu'elle était l'épouse de Philippe.

34. Au moment où se situe la narration, Hérode-Antipas a une cinquantaine d'années et Hérodias trente-sept ans.

35. Les Esséniens (de l'hébreu *Hassidim*, pieux) étaient une secte ascétique juive regroupant à cette époque environ quatre mille membres. Chassés de Palestine par les autorités religieuses officielles, les Esséniens étaient revenus au moment de l'occupation romaine. Il est à peu près certain que Jean-Baptiste a fréquenté le milieu essénien et on retrouve dans sa prédication de nombreuses formules propres à cette secte. Mais l'hypothèse, formulée au XIXe siècle, selon laquelle les Esséniens auraient formé le noyau des premiers chrétiens, paraît aujourd'hui improbable. La spiritualité essénienne très différente du Nouveau Testament n'a été mieux connue que depuis la découverte des « Manuscrits de la mer Morte » en 1947.

36. Après la captivité de Babylone (VII-VIe siècle av. J.-C.) le peuple juif fut autorisé en 538 par Cyrus à regagner sa terre ancestrale. Le Temple fut rebâti. Mais ce n'est qu'un siècle plus tard, en 445 qu'Antaxerxès, roi de Perse, permit à *Néhémias*, son favori, de rebâtir les murailles de Jérusalem. A partir de 432, il s'employa à jeter les bases d'une nouvelle nation juive fondée sur l'exigence de l'unité et sur l'espoir de reconstituer le vaste royaume de Salomon. Il avait, en outre, prophétisé la résurrection d'Elie.

37. Région de la Palestine située sur la rive gauche du Jourdain.

38. Notes de Flaubert pour le personnage d'Hérodias : « Juive, mais par ses aïeux et de nature monarchique. Ses ancêtres avaient été rois et sacrificateurs (...) se moquait d'Antipas comme la grande Marianne s'était moquée d'Hérode. » (Dossier d'*Hérodias*.)

39. Une des principales cités des Philistins, située au sud de la Méditerranée, au nord de Gaza, à 70 km de Jérusalem.

40. La principale des douze tribus juives et, par extension, la nation juive dans son ensemble.

41. Successeur de Saül, deuxième roi d'Israël (vers 1000 avant J.-C.) : il avait combattu et soumis les Iduméens dont la famille d'Hérode était issue.

42. Les Macchabées ou Asmonéens : famille juive qui mena la résistance nationale juive au IIe siècle av. J.-C. contre l'occupant : Judas Macchabée combattit avec succès les Syriens.

43. Voir note 5.

44. Voir note 26.

45. Jacob : second fils d'Isaac. Ses douze fils fondèrent les douze tribus d'Israël installées en Palestine.

46. Jacob avait un frère aîné, Esaü, qu'il déposséda de son droit d'aînesse. Une longue hostilité opposa Jacob fondateur d'Israël et Esaü qui dut s'installer « au pays d'Édom », dans le sud de la Palestine. C'est de cette région, l'Idumée, qu'est originaire la famille d'Hérode le Grand et d'Antipas.

47. Pharisiens (de l'hébreu *Pérouschim,* « séparés »). Secte religieuse juive qui prônait un respect strict de la Loi. Par leur pratique, ils s'isolaient de la masse de la nation et leur religion dégénérait souvent en un formalisme ostentatoire qui fut violemment dénoncé par Jésus. Leur ascendant religieux à l'époque d'Hérode était néanmoins considérable car le peuple admirait l'austérité de leur vie. Ils défendaient l'idée d'un pouvoir confessionnel et, sans encourager directement les révoltes, savaient utiliser les masses populaires. Les Romains les considèrent comme suspects mais Antipas les ménage en raison de leur influence.

48. Étoffe plissée à l'aide d'un fer chaud (*calamister,* en latin).

49. Jean-Baptiste avait exigé d'Antipas qu'il répudiât Hérodias.

50. C'est-à-dire dans toutes les directions du monde connu : à cette époque les Scythes étendent leur pouvoir au-delà de Kaboul, en direction de l'Inde.

51. Dans les brouillons (f° 712) Flaubert avait d'abord imaginé entre Antipas et l'Essénien un accord secret, selon lequel Jean-Baptiste pourrait s'évader à la faveur du banquet. Sa mise à mort finale aurait alors donné une image encore plus contrastée de la versatilité et de la veulerie du tétrarque.

52. Tunique ornée de bandes pourpres verticales, dont le port est réservé aux sénateurs.

53. Divinité inconnue mentionnée seulement par Suétone dans son chapitre : Vitellius, I. (*Vie des douze Césars.*)

54. Peuplade de Cilicie qui avait refusé de payer l'impôt, et que Trebellius, lieutenant de Vitellius, avait réprimée durement.

55. Vitellius avait réussi à conclure un traité avec le roi des Parthes, Artabane, comme le souhaitait Tibère. Mais il ne tira aucun avantage de ce succès diplomatique, car Antipas en avait apporté personnellement la nouvelle à l'empereur bien avant Vitellius qui, de retour de la conférence, fut accueilli avec indifférence par Tibère.

56. Aulus Vitellius « passa son enfance et son adolescence à Caprée, au milieu des filles et des favoris de Tibère (...) Il dut à cela, et sa propre fortune et celle de son père » (Suétone).

57. Parti religieux juif qui représentait l'aristocratie sacerdotale et civile, et s'accommodait fort bien du régime des procurateurs, institué par le protectorat romain. Conservateurs, prônant une fidélité absolue à la lettre de la Torah, ses membres s'étaient opposés aux Pharisiens dont ils jugeaient le zèle indiscret et dangereux. Ils jouèrent un rôle primordial dans la condamnation de Jésus et dans la persécution des premiers chrétiens.

58. Fonction de sacrificateur. Le Grand Sacrificateur était le Grand Prêtre : cette charge officielle, qui représentait un danger par le grand pouvoir qui y était attaché, avait été déstabilisée : « Depuis que Jérusalem dépendait des procurateurs, la charge de Grand Prêtre était devenue une fonction amovible ; les destitutions s'y succédaient presque chaque année » (Renan, *Vie de Jésus*, 19).

59. Fonctionnaires romains chargés de percevoir l'impôt, leurs comptes, tenus sur des *tablettes*, étaient généralement assez sévères, ce qui leur assurait des revenus considérables et une réputation détestable.

60. Soldats armés légèrement.

61. Procurateur romain de la Judée (de 26 à 36 ap. J.-C.), célèbre pour ses répressions sanglantes. C'est lui qui livra Jésus à ses juges ; il fut destitué à la suite d'un massacre qu'il organisa contre les Samaritains.

62. Terme latin désignant la bosse qui, au centre du bouclier, était ornée de gravures au trait ou niellée.

63. Dans les *Annales* (II, 85) Tacite donne le nombre de quatre mille déportés.

64. Cette association d'idées sera fatale à Antipas : Vitellius va contrôler le bien-fondé des accusations portées contre le tétrarque, qui est soupçonné de se préparer secrètement à la guerre. Historiquement, c'est une dizaine d'années plus tard, en 40 que, dénoncé par Agrippa, Antipas fut destitué pour trahison, et condamné à l'exil par Caligula. Flaubert avait utilisé sur cette question les indications de Flavius Joseph qui rapporte l'entrevue au cours de laquelle Antipas fut confondu par Caligula : « En même temps que l'empereur donnait audience à Hérode et que celui-ci parlait, il lisait les lettres qu'Agrippa lui avait écrites contre Hérode-Antipas [...]. Celui-ci avait dans ses arsenaux de quoi armer soixante-dix mille hommes. Cet article ayant paru fort grave à l'empereur, il lui demanda si ce qu'on lui apprenait — à savoir qu'il avait fait de grands magasins d'armes en ses arsenaux — était véritable. Hérode aurait eu beaucoup de mal à le nier car la preuve était facile. L'empereur, voyant dans ce fait la démonstration des dires

d'Agrippa, ôta à Hérode sa tétrarchie qu'il donna à Agrippa avec tous ses trésors et condamna Hérode à un exil perpétuel à Lyon. »

65. Pièces d'armure destinées à protéger les jambes.

66. Imprécations directement inspirées des paroles de Jésus contre les « Scribes et les Pharisiens » (Matthieu, XXIII, 13) et des évocations de la prédiction de Jean-Baptiste, dans les Évangiles (Matthieu, III, 7, Luc, III, 7).

67. Éphraïm était une des douze tribus d'Israël. Ici, allusion à Isaïe (Is., XXVIII, 1) : « Malheur à la couronne superbe des ivrognes d'Éphraïm. »

68. Peuple arabe, à l'est de la mer Morte : les Juifs ont, à certaines périodes, occupé ce territoire dont le nom tire son origine de *Moab*, fils de Loth.

69. Les manuscrits intercalaient « ... il vous pilera comme du grain... »

70. Flaubert désigne ici le climat générique des propos qu'il prête à Jean-Baptiste. Mais il serait difficile, à quelques exceptions près, de parler de « sources » : on relève très peu d'emprunts directs ; il s'agirait plutôt de pastiches.

71. Monnaie d'or, opposée ici à l'obole, petite monnaie d'argent.

72. Le Messie devait, selon la tradition, descendre de David.

73. Achab (907-888 av. J.-C.) : roi d'Israël il avait épousé Jézabel dont il avait eu une fille Athalie. Il avait fait lapider Naboth qui refusait de lui céder ses vignes : souvenir ici des prophéties d'Elie contre Achab (Livre des Rois, 21) « l'impie Achab », expression de Racine (*Athalie*).

74. Voir note 16.

75. Épouse d'Achab. Elle avait détourné son mari du culte de Yahwé, et introduit en Israël le culte de Baal et d'Ashtart. C'est elle qui fit mettre à mort le prophète Élie. Jéhu, devenu roi, la fit défenestrer et fouler aux pieds par des chevaux. Son cadavre fut donné aux chiens comme Élie le lui avait prédit.

76. « *Babylone* mère des prostitutions... » (Apocalypse de Jean).

77. Pour la rédaction de ce paragraphe, Flaubert s'était adressé à son ami Frédéric Baudry, bibliothécaire érudit, qui pouvait le renseigner sur l'astronomie hébraïque ; celui-ci lui répond : « J'en perds la tête de courir après vos noms de constellations et d'étoiles... Jusqu'ici je n'ai rien pu accrocher pour Persée et Mira-Cœti... les noms hébreux et les noms arabes sont les mêmes. La Grande Ourse se nomme en hébreux Agalah ; le Char, en arabe, Adjilet ; Algol est le mot arabe lui-même *al-gol*, la goule, le vampire ; c'est la traduction de la tête de Méduse que cette étoile est censée figurer, dans la constellation, sur le bouclier de Persée... »

78. Myrrhe, camphre ou cannelle.

79. Célèbre sculpteur grec du Ve siècle : ses œuvres passaient pour les plus représentatives des canons de la beauté grecque. Une de ses œuvres les plus connues, *Héra,* avait les bras en ivoire.

80. Acacia, en arabe.

81. Vitellius porte l'épée et la toge, ce qui est d'une rare incorrection pour dîner. Il est sur ses gardes, prêt à se défendre et à quitter les lieux.

82. Lit de table à trois places.

83. Ville de Galilée.

84. Saint-Jean-d'Acre, port de Phénicie.

85. Puissante ville syrienne, édifiée en plein désert dans une oasis somptueuse.

86. Ville située au nord du port d'Elath sur la mer Rouge, dans la région du golfe d'Akaba, célèbre depuis Salomon pour son important trafic maritime.

87. Jésus se trouvait alors dans la région de Tibériade.

88. Simon le Magicien, originaire de Gitta, qui exerçait son art avec succès en Samarie (Actes des Apôtres, VIII, 9, 18..., etc.). Il finit par se convertir mais demanda à Pierre de lui vendre le secret de ses plus beaux miracles.

89. Manteau militaire d'origine grecque, léger et court, s'agrafant sur l'épaule.

90. Miracle relaté dans les Évangiles (Matthieu, VIII, 5, Luc, VII, 1) ; mais selon les apôtres l'officier n'était pas juif et le malade était un de ses esclaves.

91. Cadran solaire archaïque : l'heure est mesurée à la longueur de l'ombre portée par une pointe.

92. Plante libanaise à laquelle on attribuait des pouvoirs magiques, notamment celui d'annuler les sortilèges et envoûtements.

93. Les esprits du mal, ennemis de Dieu et d'Israël, précurseurs de l'Antéchrist.

94. Le plus grand des prophètes juifs (voir note 75) dont on disait qu'il devait revenir pour préparer la restauration d'Israël.

95. Rappel des grands miracles d'Élie (Livre des Rois, XVII, XVIII, XIX) : Des corbeaux lui avaient apporté de la nourriture ; Dieu avait allumé lui-même le feu sur la table de sacrifice d'Élie (tandis qu'au même moment les prêtres de Baal étaient contraints d'allumer eux-mêmes un feu banal sur leur autel). Quatre prophètes de Baal avaient été jetés au torrent de Kison ; réfugié à Sarepta chez

une veuve peu fortunée, Élie avait multiplié ses provisions et ressuscité son fils.

96. Élie, selon la tradition, n'était pas mort : il avait disparu mystérieusement, emporté au ciel sur un char de feu. Le peuple cherchait à le retrouver dans les nouveaux prophètes qui, d'ailleurs, s'employaient à lui ressembler.

97. Lucrèce (mort en 55 av. J.-C.) avait écrit dans le *De Natura Rerum* (III v. 338-39) :
« En outre, jamais, de lui-même le corps ne naît,
Ni ne grandit, et il ne se conserve manifestement pas au-delà de la [mort. »

98. Terrine de graisse fondue recouverte de neige.

99. Philosophe juif d'Alexandrie (30 av. J.-C.-40 ap. J.-C.) qui interprétait la spéculation hellénique comme une sorte de commentaire philosophique de la Bible. On peut considérer que son œuvre inaugure le grand mouvement du néoplatonisme chrétien.

100. Le mithraïsme, d'origine indienne, avait séduit de nombreux soldats romains qui, au cours des campagnes orientales du Ier siècle, l'introduisirent en Italie. Cette religion consacrée au Dieu de la lumière présentait de curieuses analogies extérieures avec le christianisme (baptême, banquet sacré où se partageaient le pain, l'eau et le vin...)

101. Vins de Phénicie.

102. L'astrologie est une science d'origine chaldéenne : elle évoque la Babylonie, c'est-à-dire l'ennemi, la captivité, la déportation.

103. Ville de Syrie.

104. Ville de Phrygie, au nord de Laodicée. C'était un des centres du culte de Cybèle.

105. Voir note 24.

106. « Les Samaritains ont rendu, sur Garizim, les honneurs divins à une colombe, sous le nom d'Achima. C'est une inculpation juive qui n'est provenue sans doute que d'une fausse interprétation juive faite à dessein. » (Strauss, *Vie de Jésus*.)

107. Le premier Temple, celui de Salomon (Xe siècle) avait été détruit en 586 par Nabuchodonosor ; le second, construit par Zorobabel en 536, avait été finalement remanié et agrandi par Hérode le Grand à partir de 18 av. J.-C.

108. Plusieurs Matathias étaient célèbres pour avoir soulevé les Juifs contre l'occupant (contre les Syriens en 167, et plus récemment contre les Romains : Hérode fit brûler vif un Matathias qui avait fomenté un coup de main contre la présence romaine à Jérusalem). Le parti des Matathias désigne la tendance légitimiste, celle des Asmoréens, hostiles aux Hérodes.

109. Au cours des sacrifices par le feu, la victime ou l'objet n'était pas toujours entièrement détruit; dans ce cas, la tradition était d'abandonner les restes du sacrifice au prêtre ou à ses serviteurs.

110. Ministre d'Auguste, gastronome et protecteur des arts.

111. Nourriture impure selon la Loi et formellement interdite, comme le porc, les crustacés, etc.

112. Mauvaise plaisanterie assez obscure sur la vigne d'or du Temple qui évoquerait l'ivrognerie de Bacchus, sur l'adoration des Juifs pour l'âne qui avait permis à Moïse de découvrir une source d'eau dans le désert. (Tacite, *Histoire* V, 2 et suiv.)

113. Redoutable dieu d'origine phénicienne (*Salammbô*, XIII).

114. Antigone (mort en 37 av. J.-C.) roi des Juifs de 40 à 37 av. J.-C. ; fils d'Aristobule II il était devenu roi des Juifs par la grâce des envahisseurs parthes qui avaient détrôné Hyrcan II et Hérode. Après trois ans de lutte, et avec l'appui du Sénat romain, Hérode reconquit Jérusalem et fit mettre à mort Antigone.

115. Le triumvir, nommé en 55 av. J.-C., gouverneur de la Syrie (son pouvoir s'étendait également à la Palestine) ; il fut tué traîtreusement pendant qu'il négociait sa reddition après une campagne malheureuse contre les Parthes.

116. Général romain, légat en Syrie (6-4 av. J.-C.) : très habile pour s'enrichir aux dépens des territoires qu'il administrait, il organisa aussi une sévère répression pendant les troubles qui suivirent la mort d'Hérode. Chargé par Auguste de pacifier la Germanie, il fut écrasé avec ses trois légions en 9 apr. J.-C. et dut se donner lui-même la mort.

117. Langue araméenne que l'on parlait à cette époque en Syrie et en Palestine.

118. Le « Trésor » est une tombe à coupole. C'est en 1876 que l'on avait découvert la célèbre sépulture de Mycènes (« Trésor des Atrées ») dont Blouet avait donné préalablement la reconstitution en représentant le tombeau flanqué des deux lions de la fameuse porte de Mycènes.

119. Déesse de la Terre, Mère des Dieux. Elle est restée célèbre pour avoir contraint Atys, son amant, à la chasteté. Celui-ci ayant violé ce vœu, dut se castrer.

120. Instrument à percussion, composé de deux pièces de métal concaves, dont on jouait comme de cymbales ; le son des crotales accompagnait d'ordinaire les cérémonies consacrées à Cybèle, dont les mystères étaient aussi licencieux que ceux de Bacchus.

121. D'après la fable d'Apulée (reprise par La Fontaine) Psyché, la plus belle des mortelles, était aimée chaque nuit dans l'obscurité par Cupidon, le plus beau des Immortels, mais sans qu'il lui fût possible d'apercevoir le corps de son amant. Elle finit par céder au

démon de la curiosité et perdit Cupidon qui dut la quitter malgré ses supplications. De cette union brisée pour longtemps naquit Volupté. Psyché, en grec, signifie *âme* et par analogie *papillon;* sur les monuments antiques Psyché est représentée avec des ailes de papillon qui frémissent sur son dos.

122. Flûte d'origine phénicienne.

123. Le comédien le plus célèbre de son temps, qui fut un des amants de Messaline et le favori de Caligula.

124. Les femmes du Sud de l'Égypte, dans la région des cataractes du Nil.

125. Dans les *Bacchantes* d'Euripide, Dionysos (Bacchus) est lydien. Les bacchantes sont les jeunes filles qui célébraient les *Orgies* ou fêtes de Bacchus : leurs transes, assorties de cris et de postures désordonnées sont restées célèbres par leur violence et l'extrême licence qui présidait aux danses orgiaques.

126. Toupie utilisée en sorcellerie pour ses vertus hypnotiques.

127. Sorte de tambourin utilisé dans les cérémonies consacrées à Cybèle.

128. Énumération des victimes les plus célèbres d'Hérode le Grand : Aristobule, noyé en 33 était son beau-frère ; Joseph, décapité en 33 également, était son oncle ; Alexandre, étranglé en 6, et Antipater décapité en 4, n'étaient autres que ses fils. Pour Matahias, voir note 108.

129. Dans les brouillons Flaubert avait pensé terminer sur cette évocation du rayonnement qui fait allusion au tableau de Gustave Moreau (*L'Apparition*, 1876, Musée du Louvre) : « Soleil levant-mythe-La tête se confond avec le soleil dont elle masque le disque », « des rayons ont l'air d'en partir » (B.N., N.a.f. 23663, f°s 713 v° et 705).

130. Voir note 23 et Matthieu, XI, 4-6 : « Jean, ayant entendu parler dans sa prison des œuvres du Christ lui fit dire par ses disciples : Es-tu celui qui doit venir, ou devons-nous en attendre un autre ? Jésus leur répondit : Allez rapporter à Jean ce que vous entendez et ce que vous voyez : les aveugles voient, les boiteux marchent, les lépreux sont purifiés, les sourds entendent, les morts ressuscitent, et la bonne nouvelle est annoncée aux pauvres. »

INDICATIONS BIBLIOGRAPHIQUES

Manuscrits.

L'ensemble des manuscrits de *Trois Contes* (notes documentaires, plans, scénarios, brouillons, manuscrit définitif, manuscrit du copiste) est conservé à la Bibliothèque nationale, au Département des manuscrits occidentaux, sous la cote B.N. n.a.f. 23663 (1) et (2). Ces manuscrits ont été reliés en deux forts volumes qui comportent en tout 759 folios dont la plupart sont écrits recto et verso.

Éditions récentes.

Trois Contes, texte établi et présenté par R. Dumesnil, Paris, Société des Belles Lettres, « Les Textes français », 1957.

Trois Contes, par M. Bruezière, Larousse, Paris, « Nouveaux Classiques Larousse », 1972.

Trois Contes, in *Œuvres complètes,* t. IV, Paris, Club de l'Honnête Homme, 1972.

Trois Contes, par R. Decesse, Paris, Bordas, « Univers des Lettres », 1977.

Trois Contes, préface de M. Tournier, édition établie et annotée par S. de Sacy, Paris, Gallimard, « Folio », 1966 et 1973.

Études critiques.

P.-M. de BIASI : « Un conte à l'orientale : la tentation de l'Orient dans *La Légende de saint Julien l'Hospitalier* », in *Romantisme,* n° 34, Paris, SEDES-CDU, 1981.

« L'élaboration du problématique dans *La Légende de saint Julien l'Hospitalier* », in *Flaubert à l'œuvre,* Paris, Flammarion, Textes et manuscrits, 1980.

« Le palimpseste hagiographique » in *La Revue des lettres modernes*, G. Flaubert n° 2, « Mythes et Religions », Paris, Minard, 1985 (sur les sources de *La Légende*).

R. Debray-Genette : « Les figures du récit dans *Un cœur simple* », in *Poétique*, n° 3, Le Seuil, 1970.

« Du mode narratif dans les *Trois Contes* », in *Littérature*, n° 2, Paris, Larousse, 1971.

« Génétique et poétique : le cas Flaubert » in *Essais de Critique génétique*, Paris, Flammarion, « Textes et manuscrits », 1979.

« *Un cœur simple* - ou comment faire une fin : étude des manuscrits », in *La Revue des lettres modernes*, G. Flaubert n° 1, « Flaubert, et après... », Paris, Minard, 1984.

G. Gailly : *Flaubert et les fantômes de Trouville*, Paris, La Renaissance du livre, 1930 (sur la dimension autobiographique dans *Un cœur simple*).

J. Neefs : « Le Récit et l'édifice des croyances : Trois Contes », in *Flaubert, la dimension du texte*, Manchester University Press, 1982.

J.-P. Sartre : *L'Idiot de la famille*, Paris, Gallimard, Bibliothèque de Philosophie, 1971-72, Tomes I, II, III, (notamment Tome II, p. 2105-2135, sur *La Légende*).

CHRONOLOGIE BIOGRAPHIQUE

1821 : Naissance, le 12 décembre, de Gustave Flaubert, à l'Hôtel-Dieu de Rouen, que son père, le Dr Achille-Cléophas Flaubert (1784-1846) dirige comme chirurgien-chef. Issu d'une famille de vétérinaires champenois, Achille-Cléophas, après de brillantes études à Paris est devenu un « grand patron », admiré et redouté par son entourage. La mère de Gustave, Justine-Caroline Fleuriot (1794-1872) est normande : sa famille où l'on trouve des médecins, des armateurs, des ecclésiastiques et des gens de loi, est riche et se sent proche de la « bonne société » d'ancien régime. Gustave a un frère qu'il n'aime guère, Achille, né en 1813 et qui sera chirurgien comme le père. Jusqu'à l'âge de dix ans Gustave vit à l'Hôtel-Dieu, en compagnie de Caroline, sa sœur adorée, née en 1824.

1832 : Gustave entre en 8e au Collège royal (Lycée de Rouen) où il fera ses études comme interne jusqu'en 1838. Passionné par la littérature il annonce son intention d'écrire ; dès 1835 commence à composer ses premières narrations et fonde une revue littéraire, manuscrite, *Art et Progrès*. Visite la Normandie avec E. H. Langlois.

1836 : Pendant les vacances d'été à Trouville, tombe amoureux d'Elisa Foucault, compagne de l'éditeur de musique Maurice Schlesinger. En octobre entre en 3e : prix d'histoire, de sciences naturelles qu'il étudie sous la direction de Pouchet, avec qui il restera lié toute sa vie. Amitié avec Alfred Le Poittevin, de cinq ans son aîné (dont la sœur, Laure, amie de Caroline, sera la mère de Maupassant). Gustave compose de nombreuses nouvelles d'inspiration historique (*Deux mains sur une couronne, La Peste à Florence, San Pietro Ornano*).

1837 : *Le Colibri,* revue rouennaise, publie deux textes de Gustave : *Bibliomanie* et *Une leçon d'histoire naturelle : genre commis.* Il compose des « contes philosophiques » *(La main de fer, La Dernière Heure, Passion et Vertu).* Avec ses camarades de collège, imagine un personnage de grosse farce : le Garçon.

1838 : *Mémoires d'un fou* (œuvre autobiographique). En octobre Gustave entre en rhétorique et devient externe.

1839 : *Smarh* (première ébauche de *La Tentation de saint Antoine*). *Décembre :* Gustave est exclu de la classe de philosophie pour indiscipline. Il prépare seul son baccalauréat.

1840 : Reçu bachelier ès lettres le 23 août, il est récompensé par un voyage aux Pyrénées et en Corse en compagnie d'un ami de son père, le Dr J. Cloquet : il rédige des *Notes de voyage.* A son retour, nombreuses lectures ; du latin, un peu de grec.

1841 : Après avoir passé un an dans sa famille, le *10 novembre,* Gustave prend sa première inscription à la faculté de droit de Paris.

1842 : Il est exempté du service militaire par tirage au sort. Compose *Novembre* (achevé le 25 octobre) et ne passe avec succès son examen de première année de droit que le 28 décembre. Les études juridiques l'ennuient. A Paris, sort beaucoup, chez les Pradier, Collier, Schlesinger.

1843 : *Février :* commence la première version de *L'Éducation sentimentale* et se lie d'amitié avec Maxime Du Camp (1822, fils comme lui d'un chirurgien). Sort de plus en plus souvent. Travaille de moins en moins son droit : le 21 août, échec à l'examen de deuxième année. Gustave décide de devenir écrivain.

1844 : En janvier, dans la voiture qui le ramène de Pont-L'Évêque, Gustave est terrassé par une crise nerveuse difficile à identifier. D'autres attaques se produisent dans les semaines suivantes, et le jeune malade est astreint à un régime très sévère pendant de longs mois. Il n'est plus question d'étudier le droit. Le père de Gustave achète la maison de Croisset, à côté de Rouen.

1845 : Gustave achève *La Première Éducation sentimentale. En mars,* sa sœur Caroline épouse E. Hamard. *Début avril :* la famille Flaubert accompagne les jeunes mariés pour leur voyage de noces (Provence, Italie du Nord, Suisse). A Gênes, Gustave remarque le tableau de Breughel : *La Tentation de saint Antoine.*

1846 : Le *15 janvier,* le père de Gustave meurt. Son fils Achille lui succède à l'Hôtel-Dieu. Deux mois plus tard, le *23 mars,* c'est Caroline qui est emportée par une fièvre puerpérale après avoir mis au monde une fille : Désirée-Caroline, qui sera élevée par sa grand-mère. *Avril :* Gustave s'installe à Croisset avec sa mère et sa nièce. Le Poittevin, marié, s'éloigne. Gustave se rapproche de Maxime Du Camp et de Bouilhet. *Printemps :* excursion dans le pays normand : Caudebec-en-Caux. Juillet : liaison avec Louise Colet rencontrée chez Pradier. *4 août :* première lettre à la « Muse » (Louise Colet). La correspondance se poursuivra jusqu'en 1855. *9-10 septembre,* premier rendez-vous avec Louise, à l'hôtel du Grand-Cerf.

1847 : Hiver à Rouen ; printemps à Croisset où Gustave prépare *La Tentation de saint Antoine. Mai-juillet :* voyage avec Du Camp en Touraine et en Bretagne (*Par les Champs et par les Grèves,* ouvrage écrit par Maxime et Gustave, et qu'ils renoncent à publier ; édition 1885).

1848 : Le *24 février* Gustave est à Paris, avec son ami Bouilhet. La révolution éclate. Ils y assistent avec curiosité et détachement. *Mars :* première rupture avec Louise Colet. *3 avril :* mort d'Alfred Le Poittevin, son meilleur ami. *24 mai :* Gustave commence à rédiger *La Tentation de saint Antoine. Juin :* Du Camp, engagé dans la garde nationale, est blessé pendant les jours d'émeute. Il sera décoré en fin d'année.

1849 : *Avril :* Flaubert et Du Camp décident d'entreprendre ensemble un grand voyage au Moyen-Orient. Avant de partir Gustave tient à achever *La Tentation de saint Antoine,* qu'il termine le 12 septembre. Bouilhet et Du Camp jugent l'œuvre ratée. Bouilhet suggère un sujet de fait divers. Gustave parvient à réunir les sommes nécessaires à son voyage (27 000 F). *29 octobre :* Maxime et Gustave quittent Paris pour Le Caire ; *le 4 novembre,* ils embarquent à Marseille ; arrivée à Alexandrie le 15. Le 28, ils sont au Caire.

1850 : *Janvier :* Le Caire. *Le 6 février,* les deux amis quittent Le Caire à bord d'une cange pour remonter le Nil à travers la Haute-Égypte. *Juillet :* retour à Alexandrie et embarquement à destination de Beyrouth. *Août, septembre :* Jérusalem, Nazareth, Damas, Baalbeck, Tripoli. *Octobre :* Rhodes, Smyrne. Arrivée à Constantinople le *13 novembre;* ils y séjournent un mois. *18 décembre :* Athènes. Le détail de ce voyage est consigné dans un journal *(Voyage en Orient)* et dans une abondante et superbe *Correspondance.*

1851 : *Janvier :* La Grèce (Athènes, Thermopyles, Péloponnèse). Le *9 février* embarquement pour l'Italie : Brindisi, Naples, Rome, Florence, Venise. *Juin :* Gustave est de retour à Croisset, auprès de sa mère et de sa nièce après vingt mois d'absence. *Juillet :* renoue avec Louise Colet. Gustave a décidé d' « entrer en littérature ». Il s'isole. *18 septembre :* il commence *Madame Bovary.* Quelques séjours à Paris; le *2 décembre* il assiste, par hasard, au Coup d'État.

1852 : Rédaction de *Madame Bovary.* Correspondance avec Louise Colet qu'il rencontre tous les trois mois à Paris ou à Mantes. Proximité avec Bouilhet. Se brouille avec Du Camp qui, devenu codirecteur de la *Revue de Paris,* cherche à le convaincre de faire carrière.

1853 : Rédaction de *Madame Bovary* (2e partie).
Sert de « boîte aux lettres » à V. Hugo exilé. Vacances à Trouville. *En novembre,* Flaubert écrit à Schlesinger qui, ruiné, s'est retiré à Bade avec les siens.

1854 : Rédaction de *Madame Bovary* (2e partie). Liaison avec l'actrice Béatrice Person. *Octobre :* seconde rupture avec Louise Colet.

1855 : Rédaction de *Madame Bovary* (2e et 3e partie). Le *6 mars,* dernière lettre à Louise Colet qui cherchait à renouer leurs relations.

1856 : *Avril :* après cinquante-six mois de travail, *Madame Bovary* est terminée. Du Camp, avec qui Flaubert a renoué, achète le manuscrit 2 000 F pour la *Revue de Paris. Mai :* reprise du manuscrit de *La Tentation de saint Antoine* (fragments publiés dans *L'Artiste,* déc.-fév.). Lectures et notes sur le Moyen Age pour *La Légende de saint Julien l'Hospitalier.* (Le dossier manuscrit ne sera pas utilisé en 1875-1876.) *14 juillet,* Du Camp suggère de supprimer les « longueurs » de *Madame Bovary.* Flaubert refuse. Installation à Paris, 42, boulevard du Temple, dans un appartement qu'il gardera jusqu'en 1869. Le roman paraît en 6 livraisons dans la *Revue de Paris* du 1er octobre au

15 décembre. Le *24 décembre,* Flaubert cède *Madame Bovary* à l'éditeur Michel Lévy, pour cinq ans, moyennant 800 F (plus une prime de 500 F).

1857 : *Janvier :* Flaubert est convoqué chez le juge d'instruction et traduit devant la 6e chambre du tribunal correctionnel de Paris pour avoir publié une œuvre attentatoire aux mœurs et à la religion. Le procès est plaidé le 29 ; Le *7 février* Flaubert est acquitté, grâce à l'intercession discrète de plusieurs personnalités. *Mars :* Flaubert renonce à publier *La Tentation de saint Antoine* et annonce à ses amis son intention d'écrire un roman antique et oriental : *Carthage. Avril : Madame Bovary* paraît chez Michel Lévy (2 vol. in 12-1 F.) et connaît un succès public considérable. L'accueil de la presse est plus partagé. De *septembre* à *décembre :* rédaction du premier chapitre de *Salammbô* (titre définitif de *Carthage*).

1858 : *Janvier-mars :* à Paris Flaubert circule dans le milieu des gens de lettres : Les Goncourt, Sainte-Beuve, Gautier, Ernest Feydeau. Il est reçu chez les « lionnes » : Jeanne de Tombey, Aglaé Sabatier (la Présidente), Mme Arnoult-Plessy, Esther Guimont. Le *16 avril* il s'embarque à Marseille pour un voyage documentaire dans les régions de la Tunisie et de l'Est algérien où doit se dérouler l'action de son roman carthaginois. Il est de retour à Croisset le *12 juin. Juillet-décembre :* rédaction de *Salammbô* (Chap. II et III).

1859 : Rédaction de *Salammbô* (Chap. IV-VII). Au cours de l'été, Flaubert souffrant traverse une période de dépression. S'installe pour l'hiver à Paris.

1860 : Rédaction de *Salammbô* (Chap. VIII-X). Flaubert passe l'hiver à Croisset. Il renoue ses relations d'amitié avec Maxime Du Camp.

1861 : Rédaction de *Salammbô* (Chap. XI-XIV). Flaubert s'isole de plus en plus, ne passe à Paris qu'en mai. En juin il se jure de ne plus sortir de Croisset avant d'avoir achevé son roman.

1862 : *Janvier :* Mme Schlesinger, malade, est internée en Allemagne. Le *15 février,* Flaubert part pour Paris où il met la dernière main à *Salammbô. Mai :* avant de regagner Croisset, il demande à Ernest Duplan de négocier pour lui la publication de son roman chez Michel Lévy. *Juillet :* il donne son manuscrit pour lecture à Du Camp. *Août :*

séjour d'un mois à Vichy avec sa mère et sa nièce. *11 septembre :* il signe à Paris un nouveau contrat avec Michel Lévy : *Salammbô* et *Madame Bovary* sont cédés pour dix ans pour la somme de 10 000 F. *24 novembre :* publication de *Salammbô* (1 vol., in 8°, daté de 1863). *23 décembre :* Flaubert répond aux critiques de Sainte-Beuve.

1863 : *Janvier :* période mondaine ; le 21, Flaubert dîne chez la princesse Mathilde. Le 24, il publie sa réponse à Froehner. Début de la correspondance avec George Sand. *23 février :* participe aux « dîners Magny », récemment fondés par Sainte-Beuve et Gavarni. *Juin-juillet :* saison à Vichy. *Août :* travaille avec Bouilhet et d'Osmoy à une féerie, *Le Château des Cœurs* (jamais jouée, publiée dans *La Vie moderne* en 1880). Hésite sur le choix d'un nouveau travail de grande envergure. De nouveaux amis : Taine, Renan, Tourgueneff, Sand. *Novembre :* s'installe à Paris pour l'hiver.

1864 : *Janvier :* Fiançailles de sa nièce Caroline avec Ernest de Commanville, importateur de bois (né en 1834). Mariage le *6 avril.* Mme Flaubert, seule à Croisset retombe dans la neurasthénie. *Mai :* Flaubert écrit le plan de *L'Éducation sentimentale* et commence la rédaction en septembre. *12-16 novembre :* il est invité à Compiègne par l'Empereur. Succès mondain, Palais-Royal, salon de la princesse Mathilde rue de Courcelles, les Tuileries.

1865 : Rédaction de *L'Éducation sentimentale* (1re partie). *Janvier-mai :* séjour à Paris. Vie mondaine. *Juillet,* Flaubert rejoint Du Camp à Bade.

1866 : Rédaction de *L'Éducation sentimentale* (2e partie). *Janvier-mai :* séjour à Paris. Quelques problèmes d'argent. Décide de confier la gestion de ses biens au mari de sa nièce Commanville. *Juillet :* voyage à Londres. *Août,* à Saint-Gratien, chez la princesse Mathilde qui le fait nommer chevalier de la Légion d'honneur. Ne cache pas sa sympathie pour l'Impératrice ; reste beaucoup plus réservé sur l'Empereur et sa politique. *Août* et *novembre :* visites de George Sand à Croisset.

1867 : Rédaction de *L'Éducation sentimentale* (2e partie). *Février-mai :* séjour à Paris. *Mars,* Flaubert rencontre Élisa Schlesinger. *Juin :* assiste au bal des Tuileries.

1868 : Rédaction de *L'Éducation sentimentale* (3e partie). *Février-mai :* séjour à Paris. Flaubert se lasse des dîners Magny mais reste très assidu chez la princesse Mathilde. *30 juillet-6 août :* à Saint-Gratien. Retour à Croisset vers le *10 août :* il y travaillera dans la solitude jusqu'au printemps 1869.

1869 : *Fin mars : L'Éducation sentimentale* est pratiquement terminée. Flaubert part pour Paris. *Mai :* décide de déménager du boulevard du Temple, il loue un appartement au 4, rue Murillo. Le *16 mai : L'Éducation sentimentale* est terminée, après cinq ans de travail. Du Camp lit et annote le manuscrit. *Juin :* revenu à Croisset Flaubert se lance dans un remaniement de *La Tentation de saint Antoine. 18 juillet*, mort de Louis Bouilhet, son plus vieil ami. *L'Éducation sentimentale* paraît le 17 novembre (2 vol., in 8° datés de 1870). Flaubert attend un succès. Mauvaise presse, vente médiocre. Consternation. *22 décembre :* Flaubert se rend à Nohant chez George Sand.

1870 : *Janvier-avril :* à Paris; Flaubert se sent déprimé. Après Bouilhet, dont il gère avec difficultés la succession financière et littéraire, ce sont Duplan et Jules de Goncourt qui meurent. *Mai :* à Croisset, il prépare une notice sur Bouilhet. En *juillet* il remanie une comédie de Bouilhet *Le Sexe faible*. La guerre interrompt le travail, provoquant chez lui de nouvelles crises nerveuses. *Septembre :* Flaubert est infirmier à Rouen puis lieutenant dans la garde nationale. *Novembre :* les Prussiens sont à Croisset.

1871 : *28 janvier*, Armistice. Flaubert retire son ruban de la Légion d'honneur. *Mars :* voyage à Bruxelles avec Dumas fils pour apporter à la princesse Mathilde un témoignage de fidélité. *Avril :* retour à Croisset où Flaubert, dégoûté de tout, se replonge avec fureur dans *Saint Antoine. Mai :* mort de Maurice Schlesinger. *Juin :* Flaubert visite Paris en décombres après l'écrasement de la Commune. *Août :* à Saint-Gratien, chez la princesse Mathilde qui est rentrée d'exil. *Novembre :* Mme Schlesinger fait une visite à Croisset. Flaubert remanie *La Tentation de saint Antoine*. Liaison avec une jeune veuve dont il est très amoureux : Léonie Brainne.

1872 : *17 janvier :* Flaubert écrit une *Lettre au Conseil municipal de Rouen* pour le projet d'un monument

Bouilhet. *Février :* Michel Lévy accepte d'éditer *Dernières Chansons* de Louis Bouilhet (préface de Flaubert) mais cette publication se solde par la rupture entre Flaubert et son éditeur. *6 avril :* mort de la mère de Flaubert. L'été est consacré à achever *Saint Antoine.* Flaubert s'occupe du neveu d'Alfred Le Poittevin, Guy de Maupassant, à qui il apprend le « métier ». *Octobre :* mort de Théophile Gautier.

1873 : *Janvier :* Flaubert, en mauvaise santé, s'installe à Paris jusqu'au printemps où il part quelques jours à Nohant. *Mai :* passe contrat avec Lemerre pour l'édition elzévirienne de *Madame Bovary* et de *Salammbô. Septembre :* Flaubert compose une comédie *Le Candidat. Décembre :* il cède à Charpentier *La Tentation de saint Antoine.* Les jeunes écrivains de sa nouvelle maison d'édition (dont Zola) le traitent en maître.

1874 : *11 mars :* création du *Candidat* au théâtre du Vaudeville. C'est un four : Flaubert retire sa pièce à la 4e représentation. *Avril :* publication de *La Tentation de saint Antoine* (1 vol., in 8°). L'œuvre est assez mal accueillie. *Juin :* Flaubert se réfugie dans le travail à Croisset : préparation de *Bouvard et Pécuchet :* gigantesques dossiers de notes de lecture. Problèmes de santé. Son médecin lui prescrit une cure de repos. *Juillet :* séjour en Suisse, à Kaltbad.

1875 : *Janvier-mai :* Flaubert installé à Paris travaille à *Bouvard et Pécuchet* mais dans un climat d'inquiétude : la situation financière de son neveu Commanville devient très inquiétante. Il abandonne son appartement de la rue Murillo et déménage au 240, faubourg Saint-Honoré, dans la même maison que les Commanville. *9 mai :* retour à Croisset dans l'angoisse : le déficit de Commanville dépasse le million. Pour lui éviter la faillite, Flaubert vend sa ferme de Deauville (200 000 F) et annonce sa ruine à ses amis. George Sand lui offre son aide. Il abandonne provisoirement la rédaction de *Bouvard et Pécuchet. Septembre :* Flaubert décide de séjourner à Concarneau auprès de son ami le naturaliste Archimède Pouchet. Sans préparation particulière, il se lance dans la rédaction d'un vieux projet : *La Légende de saint Julien l'Hospitalier. Novembre-décembre :* Paris : Notes et lectures pour *Saint Julien.*

1876 : A Paris, il achève *Saint Julien* (*15 février*) et commence

Un cœur simple. *8 mars* : mort de Louise Colet. *10 juin*, il se rend à Nohant aux obsèques de George Sand puis retourne à Croisset après une absence de neuf mois. *Un cœur simple*, qu'il avait voulu écrire pour George Sand, est terminé le *17 août*. *Début novembre* il commence *Hérodias*.

1877 : Après deux mois de travail intense *Hérodias* est terminé le *1er février*. Flaubert regagne Paris aussitôt pour préparer l'édition des *Trois Contes* qui paraissent d'abord en feuilleton dans la presse (*12-27 avril*), puis chez Charpentier le *24 avril*. Succès public honorable, bonne critique dans la presse. *Juin :* il rentre à Croisset et se replonge dans *Bouvard*. Projet de livre sur *La Bataille des Thermopyles*.

1878 : *Janvier-mai* à Paris. *Juin :* retour à Croisset. Travail quotidien mais sur fond de désespoir : sa santé n'est pas brillante, les difficultés financières paraissent sans solution.

1879 : Le *25 janvier*, Flaubert se fracture le péroné et doit rester alité près de trois mois. Jules Ferry lui accorde en mai un traitement de 3 000 F par an sans obligation de service. *Septembre :* séjour à Saint-Gratien. *22 septembre :* regagne Croisset qu'il ne quittera plus. *Octobre : Salammbô* paraît chez Lemerre dans la collection elzévirienne. *Novembre : L'Education sentimentale* paraît chez Charpentier.

1880 : *Janvier :* Flaubert aborde la rédaction du dixième et dernier chapitre de *Bouvard et Pécuchet*. Il pense avoir terminé pour la fin de l'année. *Février :* il reçoit les épreuves de *Boule de Suif*, nouvelle de son jeune disciple Maupassant. Le *26 février*, Maxime Du Camp est élu à l'Académie française. Flaubert se prépare à regagner Paris pour le printemps. Le *8 mai*, il est terrassé par une hémorragie cérébrale et meurt en quelques heures au milieu de ses manuscrits, dans sa bibliothèque de Croisset. Inhumation, le 11, à Rouen. Le *15 décembre*, la *Nouvelle Revue* commence la publication de *Bouvard et Pécuchet*.

CHAMPS DE LECTURES

Dossier proposé par Chantal GROSSE
professeur agrégé de Lettres modernes.

Gustave Flaubert est un des grands noms de la littérature française : il n'est pas d'étude du XIXe siècle sans celle d'une de ses œuvres romanesques, *Madame Bovary*, *L'Éducation sentimentale*, ou *Salammbô*. On le présente alors comme un grand théoricien du roman, un grand styliste ou comme le chef de l'école réaliste ; on aborde l'écrivain, on connaît peu l'homme, ce qui d'ailleurs est conforme à sa volonté :

> « L'écrivain ne doit laisser de lui que ses œuvres, sa vie importe peu. Arrière la guenille ! »

L'œuvre elle-même ne doit pas trahir sa personnalité. Quant aux théories d'école, réalistes ou naturalistes, elles ne sont, selon lui, que de « vides inepties » quand on consacre sa vie et son art à l'expression du Beau.

« Consacrer sa vie » est bien la formule qui convient quand on évoque Flaubert et sa tâche d'écrivain. Il a tout sacrifié à une quête incessante et ingrate, comme le preux chevalier hanté par le Saint-Graal. Les chagrins, le découragement, la solitude furent ses compagnons. Sa correspondance avec George Sand nous révèle, à travers des soupirs souvent déchirants, le prix d'un tel renoncement, les affres d'un homme affligé d'une tendresse et d'une sensibilité que l'ironie, la pudeur et les exigences intellectuelles ont souvent occultées :

> « ... Vous savez que je ne suis pas un poseur. Eh bien je souhaite crever le plus vite possible car je suis fini, *vidé* et plus vieux que si j'avais cent ans. Il me faudrait m'enthousiasmer pour une idée, pour un sujet de livre. Mais la *Foi* n'y est plus. Et tout travail m'est devenu impossible... » (Lettre du 18 août 1875)

> « ... Bouvard et Pécuchet étaient trop difficiles, j'y renonce ; je cherche un autre roman sans rien découvrir. En attendant je vais me mettre à écrire la légende de saint Julien l'Hospitalier, uniquement pour m'occuper à quelque chose, pour voir si je peux faire encore une phrase, ce dont je doute... »

Flaubert, en effet, s'est voué à l'Art comme on se voue à Dieu. La Littérature est « sacro-sainte », l'écrivain est un ascète dans la solitude de son cabinet de travail, de sa chambre ou de sa « cellule ». Proust l'entendra bien ainsi.

Seul l'Art peut alors permettre de transfigurer et de transcender une réalité que Flaubert exècre pour sa platitude nauséabonde, son sordide, sa cruauté, sa bêtise, son absurdité. Le Rêve et l'Idéal assurent un bonheur qui « ne saurait être atteint que par l'imagination, ou mieux encore par une folie supérieure » (Victor Brombert, *Flaubert,* Écrivains de toujours, Seuil). C'est ce mouvement qui anime les *Trois Contes* dont les héros : Félicité, Saint Julien et Iaokanann, en incarnant les tentations flaubertiennes, sont peut-être des avatars rêvés de l'auteur.

Grands sont les dangers de la réclusion. Il suffit pour s'en convaincre de relire la suave *Thaïs* d'Anatole France ou *La Tentation de saint Antoine*. Elle exacerbe le sentiment d'étouffement et le désir d'évasion, elle est le ferment qui fait « lever » les démons intérieurs. Pour l'ermite, le salut est dans la prière, c'est-à-dire, pour Flaubert, dans l'écriture, à la fois évocation et exutoire mais aussi, dans les *Trois Contes*, recherche, espoir, élan vers un monde supérieur et sublime créé par l'auteur démiurge, tension vers une possible transcendance d'ordre artistique.

Dans une lettre à Mlle Leroyer de Chantepie, datée du 18 mars 1857, Flaubert déclare : « Je vais écrire un roman dont l'action se passera trois siècles avant Jésus-Christ, car j'éprouve le besoin de sortir du monde moderne où ma plume s'est trop trempée et qui d'ailleurs me fatigue à reproduire autant qu'il me dégoûte à voir. » Ce roman, c'est *Salammbô*.

Presque vingt ans plus tard, en 1875 et 1876, il entreprend les *Trois Contes*. Les motivations sont les mêmes :

> « ... Vous savez que j'ai quitté mon grand roman [1], pour écrire une petite bêtise moyenâgeuse [2], qui n'aura pas plus de trente pages ! Cela me met dans un milieu plus propre que le monde moderne et me fait du bien... » (Lettre à Sand — 16 décembre 1875)

Il s'agit, semble-t-il, d'une œuvre de divertissement au sens pascalien du terme, car la vie réelle n'offre au « vieux troubadour » que peine et déboires [3]. Flaubert ne daigne pas accorder à ses contes une valeur autre, comme en témoigne sa correspondance : il qualifie *La Légende* de « petite niaiserie » ; on trouve ailleurs les termes « bagatelle » et « petite œuvre ».

Pourtant ces bagatelles sont considérées actuellement comme les œuvres les plus achevées et les plus révélatrices qu'ait écrites Flaubert. Ces trois récits dessinent l'histoire de trois vies, exprimant trois moments du destin humain, auquel Flaubert participe à l'instar de tout homme.

LES *TROIS CONTES* OU LE VISAGE DU DESTIN

I. L'homme prisonnier

Une figure commune aux *Trois Contes* est celle de l'homme prisonnier. Peut-être est-il permis de trouver une correspondance entre cette vision et le sentiment d'étouffement, de claustration qu'éprouve l'écrivain à cette époque.

— L'homme est d'abord prisonnier de l'espace, qui le cerne.

La structure du récit enferme la vie de Félicité dans les murs de la maison Aubain, située entre un passage et une ruelle. Le vestibule y est étroit, le plancher plus bas que le jardin, il y règne une odeur tombale de moisi ; la lumière est rare, seule une lucarne éclaire la chambre de la servante. Elle passe ses dernières années cloîtrée dans cette maison dont les persiennes ne s'ouvrent plus.

Le château familial de Julien, avec ses tours et ses enceintes, est un lieu protégé mais clos comme une prison. Autour du château de son épouse, les montagnes « fermaient au loin l'horizon » ; la décoration est féerique mais les chambres, silencieuses et crépusculaires, participent d'un

1. *Bouvard et Pécuchet.*
2. *Saint Julien l'Hospitalier.*
3. Voir Préface, p. 12 et 13.

univers carcéral sans doute plus intériorisé que réel. Le silence et l'obscurité imprègnent encore le décor de la seconde chasse au cours de laquelle les animaux font autour de Julien « un cercle étroit ». Il finit sa vie en anachorète, au milieu d'un paysage suant la décomposition et la mort, dans une cahute qui hésite entre le cachot et la tombe : « deux trous dans la muraille servaient de fenêtres ».

La citadelle de Machærous est décrite dans les mêmes termes : « cercle d'un mur », « murailles », « couronnes de pierres ». La mort imprègne le paysage : « Le vent chaud apportait, avec l'odeur du soufre, comme l'exhalaison des villes maudites, ensevelies... » Appartements ténébreux, chambres souterraines, salle close du festin. Jean-Baptiste est enfermé dans une fosse.

L'espace clos, figure symbolique de la tombe, image prémonitoire de la mort, métaphore de la condition humaine, semble avoir hanté Flaubert. Tostes et Yonville (*Madame Bovary*), le défilé de la Hache (*Salammbô*), les retraites de saint Antoine, de Bouvard et Pécuchet en sont d'autres exemples.

— L'homme est également prisonnier du temps qui passe et mène à la mort. Mais ici, les différentes étapes du parcours humain se font écho, se copient si bien que la vie semble enfermer les héros dans le cercle d'un temps immobile et figé.

Figée par l'imparfait, la vie de Félicité, « pendant un demi-siècle », voit se répéter uniformément les saisons, les travaux, et les jours : « Tous les jeudis »... « Chaque lundi matin »... « En toute saison »... « Puis des années s'écoulèrent, toutes pareilles et sans autres épisodes que le retour des grandes fêtes »... L'événement est dérisoire (p. 75) ou annulé :

> « Ses yeux s'affaiblirent. Les persiennes n'ouvraient plus. Bien des années passèrent. Et la maison ne se louait pas, et ne se vendait pas. »

Symétries et correspondances aussi dans les trois époques de la vie de Julien (cf. Préface, pp. 21-22). Beaucoup d'événements surviennent, mais ils se répondent ou se succèdent dans le même schéma répétitif pour l'enfant, le guerrier, et le saint.

Les données sont un peu différentes dans *Hérodias*. Ici, ni biographie ni hagiographie. Le temps du conte est un temps d'attente, un temps suspendu. Tout est immobile :

> « Il fouilla d'un regard aigu toutes les routes. Elles étaient vides... Des soldats, le long du rempart, dormaient contre les murs ; rien ne bougeait dans le château. »

Hérode attend, Jean-Baptiste attend, Phanuel attend. Histoire ou mythe, le destin va se manifester et le temps se resserre autour des acteurs de la tragédie. L'accélération du rythme est sensible : absence de mouvement et silence au début, frénésie du festin et de la danse à la fin.

— L'homme est encore prisonnier de lui-même, de sa vie, de son univers mental, de ses passions.

Sourde, puis aveugle, traînant une jambe, Félicité voit son univers se rétrécir, se réduire à un point unique :

> « Le petit cercle de ses idées se rétrécit encore, et le carillon des cloches, le mugissement des bœufs n'existaient plus. Tous les êtres fonctionnaient avec le silence des fantômes. Un seul bruit arrivait maintenant à ses oreilles, la voix du perroquet. »

Sœur de Catherine Leroux « ce demi-siècle de servitude » (*Madame Bovary,* II, 8), mais aussi double de Flaubert, qui écrit en 1858 : « Le cercle s'est rétréci... Notre vie tourne ainsi continuellement dans la même série de misères comme un écureuil dans une cage, et nous haletons à chaque degré. » (*Correspondance*), elle semble « une femme en bois, fonctionnant d'une manière automatique ».

Julien n'est pas maître de ses pulsions. Sa cruauté exige des victimes de plus en plus nombreuses : la petite souris, un pigeon, le gibier et enfin « les bêtes manquant, il aurait voulu massacrer des hommes ». L'abstinence ne fera qu'exaspérer le démon intérieur :

> « Mais il souffrait de ne pas les voir (les animaux), et son autre envie devenait insupportable. » (p. 94) « La tentation était trop forte. Il décrocha son carquois. » (p. 94) « Sa soif de carnage le reprenait. » (p. 99)

Dans *Hérodias,* les hommes sont prisonniers de leur cupidité, de leur goinfrerie, de leur ambition, de leurs sens. La vie de Jean-Baptiste est tout entière vouée au rétrécissement : « Pour qu'il croisse, il faut que je *diminue.* »

Les passions ôtent aux hommes leur liberté, Racine a bien montré leur rôle de fatalité intérieure. Mais, comme Charles Bovary à la dernière page du roman, les héros des *Trois Contes* pourraient accuser le Destin, auquel, dans leur impuissance, ils ne peuvent échapper, auquel d'ailleurs ils se soumettent.

— L'homme est, en effet, prisonnier de la Fatalité.

La vie de Félicité semble placée sous le signe de l'infélicité :

« Alors une faiblesse l'arrêta ; et la misère de son enfance, la déception du premier amour, le départ de son neveu, la mort de Virginie, comme les flots d'une marée, revinrent à la fois, et, lui montant à la gorge, l'étouffaient. »

Tous ceux qu'elle chérit, à qui elle accorde un dévouement sans limite la trahissent (son amoureux), ou meurent (ses parents, Virginie, Victor, Loulou, Madame Aubain). Rien n'illustre mieux cette infortune que l'adieu raté à Victor sur le quai d'Honfleur (p. 58). On ne peut rêver plus d'acharnement au malheur.

La vie de Julien semble tout entière déterminée par la double prédiction qui l'inaugure : guerrier, saint ; par la malédiction de la première chasse : le parricide ; par les présages : l'épée, le javelot, les animaux qui le guident vers le lieu du crime ; par l'inéluctable enfin : que sa femme fasse coucher ses parents dans la chambre conjugale, que Julien, après des années d'évitement, aille à la chasse ce soir-là.

Julien ne semble jamais libre, même dans ses fuites. Sa destinée s'inscrit en filigrane des grands mythes : comme Œdipe ou Narcisse, il joue une pièce que les dieux ont écrite. Mais les dieux de l'Olympe ne sont pas ceux qui président au destin des hommes dans ce Moyen Age légendaire.

Ce ne sont pas eux non plus qui obligent Hérode à faire décapiter Jean-Baptiste. La fatalité prend le visage de Vitellius et des convives, témoins gênants d'un serment qu'il ne peut dédire. Elle emprunte les traits de la Femme Hérodias-Salomé. Tous ne sont qu'instruments dans les mains de Celui qui dispose du destin de Jean :

« Pour qu'il croisse, *il faut* que je diminue. »

Le Destin acquiert alors une autre signification ou, plutôt, il revêt un sens dont les œuvres de Flaubert étaient jusqu'alors privées. Mais n'anticipons pas.

On le voit, les héros subissent. Tout effort d'évasion ou de fuite, toute recherche de bonheur les ramènent plus sûrement à leur chemin de croix. Pourtant, même si le répit est bref ou illusoire, il appartient à l'homme de chercher la délivrance.

II. L'homme délivré

Les *Trois Contes* sont pour leur auteur une évasion dans l'espace et dans le temps.

Pierre-Marc de Biasi relève dans sa préface les rapports entre *Un cœur simple*, *La Légende* et les souvenirs d'enfance de Flaubert, l'œuvre est retour aux sources personnelles. Mais si *Un cœur simple* évoque un XIXe siècle contemporain, *Hérodias* et *La Légende* nous transportent en des époques lointaines, d'autant plus lointaines qu'elles sont historiques, légendaires et mythiques. Moyen Age, paganisme, exotisme oriental, autant de voyages accomplis par Flaubert écrivain pour échapper à la boue du réel.

Le voyage et l'imaginaire sont aussi pour les héros des moyens d'évasion ; l'ultime solution qui leur est offerte sera la mort.

1. Le Voyage

Le séjour à Trouville est pour Félicité une période de bonheur, exprimée en pages lumineuses et paisibles. Les autre voyages, à Honfleur ou à Lisieux, la mènent à l'absence de Victor, à la mort de Virginie ou à une sinistre et étouffante prise de conscience du malheur. L'espace ouvert, le paysage étendu et presque infini qu'elle contemple du sommet d'Ecquemauville rend plus sensible la clôture de l'espace intérieur, dénonce les fermetures successives des portes du bonheur à chaque étape de sa vie, enfance, mariage, maternité.

Julien fuit la prédiction qui l'obsède dans un tour du monde aventureux et guerrier qui a tous les prestiges du merveilleux, alimenté par la puissance suggestive et mystérieuse de l'article indéfini, par le pouvoir magique de noms sonores et colorés :

> « Tour à tour, il secourut le dauphin de France et le roi d'Angleterre, les templiers de Jérusalem, le suréna des Parthes, le négus d'Abyssinie, et l'empereur de Calicut. Il combattit des Scandinaves recouverts d'écailles de poisson, des Nègres munis de rondaches en cuir d'hippopotame et, montés sur des ânes rouges, des Indiens couleur d'or et brandissant par-dessus leurs diadèmes de larges sabres, plus clairs que des miroirs. Il vainquit les Troglodytes et les Anthropophages. Il traversa des régions si torrides que sous l'ardeur du soleil les chevelures s'allumaient

d'elles-mêmes, comme des flambeaux ; [...] Il affranchit des peuples. Il délivra des reines enfermées dans des tours. C'est lui, et pas un autre, qui assomma la guivre de Milan et le dragon d'Oberbirbach. »

Il fuit encore le souvenir du parricide dans une errance à l'échelle de l'univers. Mais ces voyages ne seront que les étapes nécessaires à l'accomplissement de son destin.

Les voyages de Jean-Baptiste sont ceux d'un missionnaire. Ils sont évoqués, mais non réellement accomplis par lui, qu'un autre voyage attend. La mission sera réalisée, pourtant :

« Il ira chez les Arabes, les Gaulois, les Scythes. Son œuvre doit s'étendre jusqu'au bout de la terre. »

2. L'Imaginaire

La véritable évasion, Félicité l'obtient par le truchement des images : estampes exotiques qui l'emmènent vers d'autres mondes (p. 48), imagerie religieuse du catéchisme qui lui rend sensible la présence divine, le perroquet enfin, image vivante, vivant rappel de Victor par son origine américaine, vivante incarnation d'un Christ d'Épinal et d'un Saint-Esprit saint-sulpicien.

Cette imagination lui permet même de vivre par procuration : elle est Virginie communiante, elle est Victor aux Amériques ; agonisante, elle suit la procession de la Fête-Dieu.

L'imaginaire n'apporte à Julien que des images désolantes et funèbres : le grand cerf noir, les rêves de chasses meurtrières (p. 94), de parricide recommencé (p. 103), le vieillard de la fontaine (p. 103), la scène de l'enfance perdue (p. 105). Élément de constriction par excellence, parce que nourri de fantasmes, il ne peut, chez lui, procurer l'évasion. Flaubert a dessiné ainsi les pouvoirs et les dangers d'une faculté qui le possédait comme une maîtresse, le choix du merveilleux chrétien et biblique, le choix d'un genre nouveau pour lui, le conte, sont aussi des évasions par l'imaginaire ; l'exotisme est toujours présent dans son œuvre : *Salammbô*, les rêveries d'Emma et de Frédéric Moreau rejoignent celles de Félicité. Mais, chez Flaubert, l'imagination est également une débauche où s'exhalent violence, érotisme et cruauté, tentations dont l'écriture délivre pour un temps.

3. La Mort

La mort demeure la délivrance la plus sûre. Elle est présentée dans les *Trois Contes* comme achèvement des souffrances, évasion dans un espace enfin ouvert, comme un élargissement vers l'infini : mêmes délices pour Félicité et Julien, mêmes cieux entrouverts, même souffle divin ; leurs âmes s'envolent, emportées par le Christ comme la tête de Jean-Baptiste emportée vers la Galilée. S'opposant au rétrécissement de la mort, la grandeur de Dieu est soulignée à la fin de chaque récit :

> « et, quand elle exhala son dernier souffle, elle crut voir, dans les cieux entrouverts, un perroquet gigantesque, planant au-dessus de sa tête ».

> « et celui dont les bras le serraient toujours grandissait, grandissait, touchant de sa tête et de ses pieds les deux murs de la cabane ».

> « l'Essénien comprenait maintenant ces paroles : « Pour qu'il croisse, il faut que je diminue. »

C'est elle qui sanctifie ces trois vies et donne un sens à des destins si différents, dont l'absurdité se trouve alors vaincue.

LES *TROIS CONTES* OU LA TENTATION DU SALUT

Dieu semble être présent dans les *Trois Contes ;* « semble » car si Jésus-Christ, Dieu incarné, est évoqué dans *Hérodias*, il reste une silhouette « en arrière-plan, lointaine et comme vue de dos » (Michel Tournier, *Le Vol du vampire*) ; si les interventions miraculeuses abondent dans *La Légende* où le merveilleux chrétien semble faire partie du quotidien, elles n'excluent jamais une interprétation naturelle et logique : cauchemars, fantasmes, obsessions ; si Dieu est intériorisé dans *Un cœur simple*, son esprit est absent d'un monde où le positivisme a effacé le sacré pour ne laisser que les simulacres. L'ordre dans lequel Flaubert a placé ses contes peut apparaître comme un retour aux sources du christianisme. Le héros a toute l'apparence du saint.

1. Les références sacrées

Les sources d'*Hérodias* sont puisées dans les Écritures Saintes : on pourra se reporter aux notes du présent ouvrage : notes 23-66-76-90-95-130.

Moins directement, *Un cœur simple* pourrait avoir en exergue une des neuf Béatitudes :

> « Heureux ceux qui ont le cœur pur car ils verront Dieu » (Matthieu 5-8).

et *La Légende* illustrer le précepte du Christ selon lequel il faut tout abandonner, père, mère, femme, biens, et même sa propre vie pour suivre le Messie (Luc 14-26). Flaubert s'inspire de *La Légende dorée* de Voragine et ajoute à l'histoire de saint Julien des éléments de la vie de saint Christophe, ce passeur de fleuve qui porta sur ses épaules un enfant plus lourd que le monde, le Christ.

2. La Sainteté

Deux des héros portent le titre de Saint : Jean-Baptiste « le précurseur », Julien marqué par « la faveur de Dieu » sont des élus. Félicité les rejoint dans la mesure où sa vie répond aux mêmes critères que l'on peut déterminer ainsi : les épreuves, le sacrifice, l'amour.

Les épreuves sont la mort des êtres chers, l'échec des amours terrestres, la solitude et la réclusion, le parricide, la lutte contre le mal dans ses diverses manifestations. On peut retrouver ses constantes dans l'histoire des trois personnages, à des degrés variés.

La vie de Félicité est jalonnée d'épreuves, des plus petites aux plus grandes, des rudesses de « Madame », des moqueries de Bourais à l'absence et à la disparition des êtres aimés. On l'exploite, on la fouette, on la brime, on la néglige. Si Félicité se révolte parfois, elle est déjà prête à se résigner, à accepter et à continuer, comme Job éprouvé par Dieu.

Jean-Baptiste dans sa prison attend la venue du Messie qu'il annonce. Il faut que sa foi demeure malgré le silence. Julien doit renoncer à l'amour de ses parents, à celui de sa femme, puis à celui des hommes et des animaux qui s'écartent de lui avec horreur. Il doit lutter contre sa propre violence, contre le désespoir qui est le pire des péchés (tentative de suicide). Tous souffrent, dans leur chair et dans leur cœur : la nuit qui suit la mort de Victor, la nuit au sommet d'Ecquemauville sont pour Félicité des nuits d'agonie morale, la souffrance de Julien est « intolérable ».

Les épreuves sont aussi celles que les héros, par habitude, pénitence ou vocation, s'imposent. L'ascétisme de Félicité, les privations de Julien, la vie de Jean-Baptiste au désert participent du même renoncement, offrande ou expiation mêlées. Tout s'efface devant ce dévouement aux autres. S'il faut mourir à l'amour humain pour renaître en celui du Christ, il faut aimer sans cesse, se dévouer jusqu'au sacrifice de soi-même, sans espoir de retour, dans une solitude d'une pureté parfois irrespirable.

Les dévouements de Julien, son esprit de charité le vouent à la sainteté prédite. Dès l'enfance, il fait l'aumône ; guerrier, il est miséricordieux et justicier ; il accomplit dans la troisième partie des actes qui satisfont en apparence aux préceptes évangéliques : charité, humilité, amour ; il donne sa vie. Pourtant, cette conduite trop manifestement exemplaire pourrait n'être que conformisme, adhésion formelle à des modèles.

Félicité pourrait prendre place dans *La Légende dorée :* elle affronte un taureau furieux pour sauver les enfants et leur mère, soigne les cholériques, assiste les malades, pardonne à Fabu, vénère sa maîtresse. Son amour pour Victor lui fait vivre de réels tourments (p. 59). Au rétrécissement de sa vie terrestre correspond l'élargissement de sa vie intérieure : « La bonté de son cœur se développa » préfigurant l'extase finale, la communion avec Loulou, cœur du Christ.

Jean-Baptiste est tout entier effacé devant l'Autre. Il n'est que le précurseur, son existence entière est effacement, négation de lui-même. Prophète, sa bouche véhicule les paroles divines ; son sacrifice est nécessaire à l'avènement d'un autre monde.

Ni orgueil ni révolte chez ces êtres, tous semblent mourir pour que le Christ triomphe.

3. L'Artiste et le Saint

Aucune œuvre de Flaubert ne dessine une telle courbe. Salammbô, Frédéric, Emma perdent une vie que rien, finalement, ne vient éclairer, sinon la découverte du néant. Leur idéalisme se heurte au silence éternel des espaces infinis et à l'infinie bêtise d'une société bornée. « Flaubert a insufflé à ses personnages », dit Huysmans dans *A Rebours,* « une âme révoltée d'avance par l'inexorable certitude qu'aucun bonheur nouveau n'était possible. »

Les *Trois Contes* seraient-ils alors une recherche du salut par l'écriture, dépassant l'écriture même ? Par bien des aspects le saint pourrait être en tout cas un avatar de l'artiste. La conception que Flaubert a de son rôle, et de l'Art en général, est une conception mystique et religieuse : sacerdoce, tâche sacrée, fermeture sur soi-même exigée par le travail littéraire, affres du style, tout contribue à faire de lui un ascète à part entière, « un chartreux », un « séquestré dans une âpreté solitaire » comme il le déclare lui-même, l'ermite de Croisset, le martyr de l'Art. Il lui a tout sacrifié, amours terrestres, paternité, tendresse. Pour que naisse l'œuvre, il a fallu mourir au monde et l'on observe une étrange intimité entre la démarche de Flaubert et celle de ses personnages, d'autant plus significative peut-être que ces récits établissant des correspondances avec les grandes œuvres précédentes (*Madame Bovary* et *Un cœur simple, La Tentation de saint Antoine* et *La Légende, Salammbô* et *Hérodias*) renvoient à l'Œuvre entière.

Félicité est une anomalie remarquable dans un siècle si pragmatique et si féroce. Sa simplicité se heurte à la bêtise, sa fidélité à l'inconstance, son désintéressement à l'égoïsme, sa soif d'amour à la sécheresse des cœurs. Elle aussi possède « l'imagination que donnent les vraies tendresses », celle qui confère aux mots « Havane », « Amérique » tout leur pouvoir évocateur, celle qui lui permet de vivre d'autres vies comme l'écrivain vivant en osmose avec ses personnages.

Tout ce que le monde lui a refusé, Loulou, fils, amoureux, confident, seul être avec qui elle communique, le lui apporte : un bonheur dont ne sont pas exclus les tourments. L'Art accorde à Flaubert les mêmes consolations et peut-être le même accès à un monde supérieur. Loulou représente ce contre quoi il a lutté toute sa vie et qui constitue la matière même de son œuvre : le langage figé des idées reçues, des formules toutes faites. Transfigurer Loulou en Saint-Esprit, c'est redonner au langage sa valeur de « Verbe » authentique, lui retrouver un sens.

Faire empailler Loulou, lui vouer un culte, n'est-ce pas aussi une métaphore dérisoire et ironique — mais la pudeur lucide de Flaubert ne lui permettait pas un autre ton — représentant le travail de l'artiste qui édifie son œuvre contre la mort et le temps pour que lui soient ouvertes les portes d'une bienheureuse éternité ?

Julien doit accomplir tous les aspects de sa double nature. Pour devenir saint, il doit être parricide, pour réaliser sa vocation il doit purger sa violence. Flaubert écrivain a « exprimé » dans ses œuvres tous les sucs empoisonnés de son Moi profond : si l'on en croit Sartre *(L'Idiot de la famille)*, son père, essentiellement castrateur, aurait rabattu les aspirations religieuses de son fils. Comme Julien, Flaubert tue son père, mais fictivement par procuration littéraire, et, comme Julien au lépreux, il insuffle à son œuvre toute sa chaleur et toute son énergie ; elle ne peut « grandir » qu'à ce prix, à ce prix seulement la boue devient de l'or, la laideur de la Beauté. Dissous dans son œuvre, l'artiste renaît dans l'immortalité qu'elle peut acquérir.

Enfin, l'artiste est prophète : comme Jean-Baptiste, il prêche dans le désert, il invective les méchants et révèle l'existence d'une autre vérité et d'un autre monde en dénonçant la vacuité de celui-ci. On peut étouffer sa voix comme on referme la trappe sur celle de saint Jean. Son rôle est ingrat ; car il ne peut espérer de récompense présente, bien au contraire, pour que son œuvre croisse, il faut qu'il diminue, jour après jour, que ses forces et sa pensée s'y épuisent, qu'il y perde la vie, comme Jean-Baptiste sa tête, dans l'espoir que ses paroles s'étendent jusqu'au bout de la terre.

Est-on en droit de donner aux *Trois Contes* cette valeur de parabole ? Certes Flaubert est durement éprouvé, certes il sent sa fin venir, mais il est « un mystique sans foi » (*Correspondance*) et il serait hâtif de conclure à un idéalisme salvateur, car les *Trois Contes* demeurent sous le signe de l'ambiguïté, sinon de la dérision.

L'AMBIGUÏTÉ DES *TROIS CONTES*

L'ambiguïté quant à un possible salut par la foi (en l'Art ou en Dieu) réside d'abord dans le choix d'une atmosphère fantastique et merveilleuse, donc particulièrement fictive, fabrique d'images et d'illusions.

Fiction que l'Histoire sainte réduite aux images d'Épinal du catéchisme *(Un cœur simple)*, fiction que le merveilleux chrétien des hagiographies ou le merveilleux païen des contes de fées : ceux-ci contiennent des thèmes traditionnels dont Vladimir Propp, dans *Morphologie du conte*, dresse la liste ; on peut en extraire des éléments qui s'appliquent à *La Légende :*

— définition spatio-temporelle : description des lieux, situation dans le temps
— composition de la famille : le père, la mère
— stérilité (sous-entendue ici)
— prière pour la naissance d'un fils « à force de prier Dieu, il lui vint un fils » (p. 80)
— prophétie, prédictions (p. 81)
— prospérité avant le méfait
— le futur héros, ses qualités
— départ du héros
— but du héros : délivrer, venir en aide (p. 91-92)
— mariage du héros
— montée sur le trône (ce n'est pas le cas, mais Julien épouse la fille d'un empereur).

Fiction encore que les prodiges qui peuvent n'être que délires, rêves ou coïncidences. Si cela ne suffit pas, l'ironie de Flaubert achève de semer le doute.

Dans *Un cœur simple* cette ironie dénonce le culte des images, bondieuseries ridicules, catéchisme de bandes dessinées : Félicité *croit* « voir pêle-mêle le paradis, le déluge, la tour de Babel, des villes tout en flammes, des peuples qui mouraient, des idoles renversées ». L'Histoire sainte devient capharnaüm. Même hétéroclisme comique dans sa chambre : « On voyait contre les murs : des chapelets, des médailles, plusieurs bonnes Vierges, un bénitier en noix de coco » ; pastiche sacrilège, la commode reçoit les objets du culte :

> « sur la commode, couverte d'un drap comme un autel, la boîte en coquillages que lui avait donnée Victor ; puis un arrosoir et un ballon, des cahiers d'écriture, la géographie en estampes, une paire de bottines »,

enfin elle observe que le Saint-Esprit, contemplé à l'église, a quelque chose du perroquet :

> « Sa ressemblance lui parut plus manifeste encore sur une image d'Épinal, représentant le baptême de Notre-Seigneur. Avec ses ailes de pourpre et son corps d'émeraude, c'était vraiment le portrait de Loulou. »

le miracle par lequel Dieu se manifeste au saint en prières est lui aussi parodié :

« Elle contracta l'habitude idolâtre de dire ses oraisons agenouillée devant le perroquet. Quelquefois, le soleil entrant par la lucarne frappait son œil de verre, et en faisait jaillir un grand rayon lumineux qui la mettait en extase. »

Félicité se pâme à la communion de Virginie, mais le lendemain, communiant à son tour, « elle n'y goûta pas les mêmes délices ».

L'Esprit-Saint incarné par un perroquet, le Verbe réduit à un animal qui est la caricature même du Logos, une sainte idolâtre et simple d'esprit, bercée d'illusions, quel démenti à toute transcendance !

L'histoire de saint Julien est tout entière placée sous le signe du légendaire, et les épisodes les plus fantastiques, les deux chasses, sont présentés comme des rêves ou des cauchemars possibles. Dans *Hérodias,* le prodige est nié :

« Il avait aperçu devant la fosse le Grand Ange des Samaritains, tout couvert d'yeux et brandissant un immense glaive, rouge, et dentelé comme une flamme. Deux soldats amenés en témoignage pouvaient le dire.

» Ils n'avaient rien vu, sauf un capitaine juif, qui s'était précipité sur eux, et qui n'existait plus. »

Les miracles, la venue d'Élie sont vite balayés par les victuailles (p. 134-135). La dernière phrase du conte semble le clore sur un rappel trivial, l'adverbe final, lourd et heurté, ramène le mythe à la dimension d'une réalité pragmatique au-delà de laquelle il n'y a plus rien :

« Et tous les trois, ayant pris la tête de Iaokanann, s'en allèrent du côté de la Galilée.

» Comme elle était très lourde, ils la portaient alternativement. »

L'écriture flaubertienne est essentiellement visuelle, picturale et cinématographique. A cet égard, les *Trois Contes* sont un bel album, un beau livre d'images : imagerie d'Epinal ou iconographie religieuse, vitrail d'église ou tableau de peintre, visions ou rêves de l'artiste lui-même.

Si l'Art est la restitution ou la composition parfaite de belles images, il ne saurait être que cela. Flaubert disait :

« Plus je vais et plus je me trouve incapable de rendre l'Idée. » Quelle est l'idée qu'il a voulu rendre ici ? Dénoncer la vacuité des images, leur puissance d'illusion ou au contraire leur restituer un sens, les remplir d'une essence ? y a-t-il vraiment, à l'origine des ombres et des reflets que les hommes perçoivent sur les murs de la Caverne de Platon, une réalité essentielle dans un autre monde éclairé par le soleil ? Flaubert a-t-il purgé ici les derniers restes de ses aspirations religieuses ? a-t-il au contraire retrouvé leurs sources ? ou exprime-t-il seulement la nostalgie de ce qui n'est plus pour lui qu'une illusion ? rien de tout cela peut-être, ou beaucoup plus encore. Ainsi se mesure la richesse d'une œuvre. Choisir une réponse ne pourrait que l'appauvrir.

Dieu ou l'Art. Faute de se vouer à l'un, Flaubert s'est consacré à l'autre. Quel que soit le sens que l'on puisse donner aux *Trois Contes*, il s'avère qu'il faut toujours payer le prix de l'éternité, celle de l'œuvre ou celle de Dieu, et que le chemin qui y mène est solitaire, et pénible, et peut-être illusoire.

Le style de Flaubert

Il serait trop long ici de faire une analyse du style de Flaubert. Nous nous bornerons donc à renvoyer aux commentaires éclairés de Marcel Proust, de Jean-Paul Sartre, d'Albert Thibaudet, pour ne citer qu'eux.

Afin d'orienter l'étude des procédés privilégiés utilisés par l'écrivain, citons Jacques Suffel (Préface aux *Trois Contes* GF Flammarion 1965) :

> « Le prosateur vise au raccourci et sa forme, ramassée et sonore, atteint une puissance inégalée. Tout un paysage est brossé en deux lignes : " La cour est en pente, la maison dans le milieu ; et la mer, au loin, apparaît comme une tache grise. " »

Remarquons au passage la construction ternaire, dans laquelle le dernier membre plus long est relié au second par un *et* de mouvement, qui correspond à l'élargissement de la prise de vue. Plus remarquable encore est l'emploi du présent dans cette page où tous les verbes sont à l'imparfait (p. 49). Citons Marcel Proust :

> « Quelquefois même, dans le plan incliné et tout en demi-teinte des imparfaits, le présent de l'indicatif opère un redressement, met un furtif éclairage de plein jour qui distingue des

> choses qui passent une réalité plus durable. » (*Chroniques*, Gallimard, 1928.)

Deux lignes aussi suffisent pour peindre en quelques traits une bru malencontreuse : « Elle dénigra les usages de Pont-l'Évêque, fit la princesse, blessa Félicité. Mme Aubain, à son départ, sentit un allégement. »

Ici, la progression ternaire est décroissante, en trois phrases juxtaposées sans coordination, rétrécissement qui suggère la mesquinerie et la sécheresse du personnage. On note aussi l'utilisation, fréquente chez Flaubert, du substantif abstrait sans épithète avec l'article indéfini, procédé qui confère au mot une plénitude et une épaisseur que toute détermination ne ferait qu'amoindrir. Citons encore : « La lune se levait, un apaisement descendait dans son cœur. »

> « On admire, dans *Saint Julien* surtout, des séries de phrases courtes, qui font songer au style de Montesquieu : " il se composa une armée. Elle grossit. Il devint fameux. On le recherchait ". En quelques mots, toute une évocation est réalisée : " Les cornes de son hennin frôlaient le linteau des portes... Il s'accoutuma au fracas des mêlées, à l'aspect des moribonds... Les vitraux garnis de plomb obscurcissaient la pâleur de l'aube... " Quelquefois la brièveté de la phrase est rehaussée par la beauté surprenante de l'image. Dans *Hérodias*, le visage de Iaokanann " avait l'air d'une broussaille où étincelaient deux charbons ". Un mot révèle Vitellius, " cette fleur des fanges de Caprée ". On voit Salomé qui parcourt l'estrade sur les mains " comme un grand scarabée ". »

Autre procédé, les coupes, qui permettent de briser la période et de créer un effet de rejet par une ponctuation originale : « Celui de Jérusalem les mettait dans la fureur d'un outrage, et d'une injustice permanente », ou par l'emploi d'un *et* inattendu : « Tel qu'un squelette il avait un trou à la place du nez ; et ses lèvres bleuâtres dégageaient une haleine épaisse comme un brouillard, et nauséabonde... » « La première contenait de vieilles armures ; mais la seconde regorgeait de piques, et qui allongeaient toutes leurs pointes, émergeant d'un bouquet de plumes. »

On note encore les effets pittoresques dus à une dissonance de temps : « Elle fit un arrangement avec un loueur de voitures qui la menait au couvent chaque mardi. Il y a dans le jardin une terrasse d'où l'on découvre la Seine. Virginie s'y promenait à son bras. »

On peut évoquer enfin, dans les énumérations descriptives, le choix des termes propres, pittoresques, évocateurs et sonores, la grande variété des verbes et des constructions (description des chambres souterraines dans *Hérodias*). Quant à « l'éternel imparfait », comme l'appelle Proust, il convient à la composition des tableaux ; mais il constitue aussi la chaîne du destin, fixée par avance, fils au travers desquels le passé simple passera la trame des actions successives pour constituer l'étoffe d'une vie.

BIBLIOGRAPHIE

Ouvrages de références :

V. BROMBERT, *Flaubert* (Écrivains de toujours, Seuil).
V. PROPP, *Morphologie du conte* (Points-Seuil).
M. PROUST, A propos du style de Flaubert, *Chronique*, Gallimard, 1918.
A. THIBAUDET, *Gustave Flaubert,* Gallimard, N.R.F.
R. DEBRAY-GENETTE, *Flaubert,* Miroir de la critique, F.D.D.
M. TOURNIER, *Le Vol du vampire,* Folio, Gallimard.
J.-P. SARTRE, *L'Idiot de la famille*, Gallimard.
J.-P. RICHARD, La création de la forme chez Flaubert, *Littérature et Sensation,* Seuil, 1954.

Lectures proposées :

FLAUBERT, *Madame Bovary.*
Salammbô.
La Tentation de saint Antoine.
Correspondance Flaubert-Sand, Flammarion.
VORAGINE, *La Légende dorée,* GF Flammarion.
Le Nouveau Testament.
Évangile selon saint Matthieu.

Quelques thèmes pour l'étude des *Trois Contes :*

— Le rôle des Images.
— Le héros.
— Le style de Flaubert.
— L'art visuel et pictural.
— Les *Trois Contes* et l'Histoire : (*Un cœur simple :* le XIXe siècle ; *Saint Julien :* le Moyen Age, *Hérodias :* l'Orient.)
— La violence dans *Saint Julien l'Hospitalier.*

TABLE

TROIS CONTES

PUBLICATIONS NOUVELLES

ANSELME DE CANTORBERY
Proslogion (717).

ARISTOTE
De l'âme (711).

ASTURIAS
Une certaine mulâtresse (676).

BALZAC
Un début dans la vie (613). Le Colonel Chabert (734). La Recherche de l'absolu (755). Le Cousin Pons (779).

BARBEY D'AUREVILLY
Un prêtre marié (740).

BECCARIA
Des Délits et des peines (633).

CALDERON
La Vie est un songe (693).

CHATEAUBRIAND
Vie de Rancé (667).

CHRÉTIEN DE TROYES
Le Chevalier au lion (569). Lancelot ou le chevalier à la charrette (556).

COUDRETTE
Le Roman de Mélusine (671).

CREBILLON
La Nuit et le moment (736).

CUVIER
Recherches sur les ossements fossiles de quadrupèdes (631).

DA PONTE
Don Juan (939). Les Noces de Figaro (941). Cosi fan tutte (942).

DANTE
L'Enfer (725). Le Purgatoire (724). Le Paradis (726).

DARWIN
L'Origine des espèces (685).

DOSTOÏEVSKI
L'Eternel Mari (610). Notes d'un souterrain (683).

DUMAS
Les Bords du Rhin (592). La Reine Margot (798).

ECKHART
Traités et Sermons (703).

FITZGERALD
Absolution. Premier mai. Retour à Babylone (695).

FLAUBERT
Mémoires d'un fou. Novembre (581).

GENEVOIX
Rémi des Rauches (745).

GOETHE
Les Affinités électives (673).

GRADUS PHILOSOPHIQUE (773).

HAWTHORNE
Le Manteau de Lady Eléonore et autres contes (681).

HUME
Enquête sur les principes de la morale (654). Les Passions. Traité sur la nature humaine, livre II - Dissertation sur les passions (557). La Morale. Traité de la nature humaine, livre III (702).

JAMES
Histoires de fantômes (697).

JEAN DE LA CROIX
Poésies (719).

KAFKA
Dans la colonie pénitentiaire et autres nouvelles (564). Un Jeûneur (730).

KANT
Vers la paix perpétuelle. Que signifie s'orienter dans la pensée. Qu'est-ce que les Lumières ? (573). Anthropologie (665). Métaphysique des mœurs (715 et 716).

KIPLING
Le Premier Livre de la jungle (747). Le Second Livre de la jungle (748).

LAMARCK
Philosophie zoologique (707).

LEIBNIZ
Système de la nature et de la communication des substances (774).

LOCKE
Lettre sur la tolérance et autres textes (686).

LOPE DE VEGA
Fuente Ovejuna (698).

LUTHER
Les Grands Ecrits réformateurs (661).

MALAPARTE
Sang (678).

MALTHUS
Essai sur le principe de population (708 et 722).

MARIVAUX
Les Acteurs de bonne foi. La Dispute. L'Epreuve (166). La Fausse Suivante. L'Ecole des mères. La Mère confidente (612).

MAUPASSANT
Notre cœur (650). Boule de suif (584). Pierre et Jean (627). Bel-Ami (737). Une vie (738).

MUSSET
Confession d'un enfant du siècle (769).

NERVAL
Les Chimères - Les Filles du feu (782).

NOVALIS
Henri d'Ofterdingen (621).

NIETZSCHE
Le Livre du philosophe (660). Ecce homo – Nietzsche contre Wagner (572).

PÉREZ GALDOS
Tristana (692).

PLATON
Ménon (491). Phédon (489). Timée-Critias (618). Sophiste (687). Théétète (493).

PLAUTE
Théâtre (600).

PREVOST
Histoire d'une grecque moderne (612).

QUESNAY
Physiocratie (655).

RABELAIS
Gargantua (751). Pantagruel (752). Tiers Livre (767). Quart Livre (766).

RICARDO
Des principes de l'économie politique et de l'impôt (663).

RILKE
Elégies de Duino - Sonnets à Orphée (674).

ROUSSEAU
Essai sur l'origine des langues et autres textes sur la musique (682).

SÉNÈQUE
Lettres à Lucilius, I-29 (599).

SHAKESPEARE
Henry V (658). La Tempête (668). Beaucoup de bruit pour rien (670). Roméo et Juliette (669). La Mégère apprivoisée (743). Macbeth (771). La Nuit des rois (756).

SMITH
La Richesse des nations (626 et 598).

STAEL
De l'Allemagne (166 et 167). De la littérature (629).

STEVENSON
L'Ile au Trésor (593). Voyage avec un âne dans les Cévennes (601). Le Creux de la vague (679). Le Cas étrange du Dr Jekyll et Mr Hyde (625).

STRINDBERG
Tschandala (575). Au bord de la vaste mer (677).

TCHEKHOV
La Steppe (714).

TÉRENCE
Théâtre (609).

TITE-LIVE
La Seconde Guerre Punique I (746).

TOLSTOÏ
Maître et serviteur (606).

TWAIN
Huckleberry Finn (700).

VICO
De l'antique sagesse de l'Italie (742).

VILLIERS DE L'ISLE-ADAM
L'Eve future (704).

VILLON
Poésies (741).

VOLTAIRE
Candide, Zadig, Mécromégas (811).

WAGNER
La Walkyrie (816). L'Or du Rhin (817).

WHARTON
Vieux New-York (614). Fièvre romaine (818).

WILDE
Salomé (649).

GF – TEXTE INTÉGRAL – GF

94/08/M4772-VIII-1994 – Impr. MAURY Eurolivres SA, 45300 Manchecourt.
N° d'édition 15451. – Mars 1986. – Printed in France.